Claudine Dumont

La petite fille qui aimait Stephen King

roman

XYZ éditeur

choses ne lui viennent pas d'instinct. Elle doit toujours faire un effort pour les appliquer. Les formules de politesse, les comportements sociaux adéquats, l'empathie, le raisonnable et l'équilibre, le compromis et la retenue : cela ne lui vient pas. Elle ne comprend pas. Elle est trop différente. Pour elle, la musique est une histoire de dispositions, d'enchaînements, d'harmonie. Sécuritaire, et répétitif. À six ans, elle passait des heures à écouter Led Zeppelin et Pink Floyd. C'était la musique de mon père. La première fois que nous sommes entrées dans un magasin de musique, elle a découvert autre chose. Il y avait des postes d'écoute. Émilie était survoltée, elle riait aux éclats en découvrant les rythmes du monde. Le rire de ma sœur est une des dix choses que j'aime le plus au monde. C'est un rire sans retenue. Comme elle. Il prend tout son corps. Il déboule en petites boules d'énergies contagieuses. Elle rit avec des vagues qui lui font manquer de souffle. Elle rit avec liberté.

Je ne l'ai pas entendue rire depuis l'accident.

J'avais aussi amené mes livres. Elle aimait me regarder lire. Elle observait mes yeux qui suivaient les mots sur les pages et elle finissait par s'assoupir contre mon épaule. Elle ne dormait pas vraiment, elle voyageait dans son monde à elle. Les docteurs avaient un autre mot pour cela : « absence ». C'est souvent une histoire de mots, avec les docteurs, mais ça n'aide jamais à comprendre. Nous sommes parties un vendredi, elle portait son tricot jaune. Le vendredi, elle porte du jaune. Je portais mon t-shirt jaune pour lui faire plaisir. Pour la rassurer. Elle n'est pas si compliquée, il faut juste la connaître, la comprendre. Faire un effort pour penser comme elle. Elle s'efforce bien de penser comme nous, je ne vois pas pourquoi on ne lui retournerait pas la pareille de temps en temps. Mais il m'est arrivé de me demander ce que cela dit de moi, de mon organisation mentale, de la comprendre avec autant de facilité.

Nous étions assises à l'avant de l'autobus. Le chauffeur nous avait dans son rétroviseur. Il s'appelait Martin, il avait des cheveux bouclés et des grands yeux verts. Il était gentil. Et rassurant. Nous avons été chanceuses de tomber sur un Martin ; malgré tous mes préparatifs, la peur a serré mon estomac quand les portes de l'autobus se sont refermées, quand le moteur a démarré. Nous avons envoyé des bises volantes à maman jusqu'à ce qu'elle soit trop loin pour les attraper. Émilie m'a demandé si un bisou m'avait frappé dans l'œil quand elle a vu que je pleurais. Elle a glissé sa main dans la mienne. Elle ne le fait qu'avec moi, et je sais très bien que cela doit venir d'elle. Elle me prend la main, ce n'est jamais l'inverse.

Après Alice, après la lecture et beaucoup de silence à regarder les arbres défiler sur le bord de l'autoroute, l'autobus s'est arrêté pour permettre aux voyageurs de manger. Ils sont sortis pour aller s'entasser dans un restaurant qui annonçait des oignons frits en promotion. Nous sommes restées dans l'autobus et nous avons mangé nos sandwichs. Je me suis demandé ce que j'allais faire si Émilie voulait sortir, mais elle est restée dans son siège, sans poser de question. Après les sandwichs, Émilie s'est endormie parce que Martin le chauffeur a été assez sympa pour mettre l'album de Billie dans le lecteur de l'autobus quand je le lui ai demandé. À leur retour, les passagers ont été bercés par la grande chanteuse jusqu'au terminus d'Edmundston sans protester. Heureusement qu'Émilie n'avait pas encore découvert Radiohead, je ne crois pas que les passagers auraient été aussi compréhensifs.

Nous sommes arrivées au terminus en fin d'après-midi. Ma tante nous attendait sur le quai. Elle portait une casquette jaune: Émilie était aux anges. Nous avons remercié Martin. Il nous a fait un clin d'œil en guise d'adieu. Puis tante Doris nous a guidées jusqu'à sa voiture. Tantine était venue à quelques reprises à Montréal, mais nous ne lui avions jamais rendu visite chez elle. En marchant vers la voiture, nous avons senti une étrange odeur. Émilie a essayé de deviner de quoi il s'agissait. Elle n'y est pas parvenue. Ma tante a expliqué que c'était l'odeur du papier. Émilie lui a assuré qu'elle connaissait l'odeur du papier. Ce n'était pas l'odeur du papier. Je me suis dit que si ma tante insistait, nous allions devoir gérer une crise, une résistance. Émilie ne tolère pas qu'on contredise l'évidence: le papier dans les livres ne sent pas ce qui sature l'air d'Edmundston. Ma tante a pointé une énorme colonne compacte de fumée beige qui s'élevait dans le ciel de la ville. « En fait, c'est l'odeur qui vient du moulin qui fait le papier. » Émilie ne s'est pas énervée. Elle a observé cette impressionnante colonne jusqu'à ce que nous arrivions à la voiture. Ce n'était pas une voiture. C'était un vieux camion. Un « pick-up », a dit ma tante. Les pick-up sont plutôt rares à Montréal. Surtout pour deux fillettes qui ne s'intéressent pas particulièrement aux voitures. C'était notre première rencontre officielle avec un pick-up. Émilie a adoré le mot pick-up. Du fait de sa différence, elle parle un français sans accent. Une langue sans appartenance sociale. Elle prononce trop bien, elle articule chaque mot, elle connaît un tas de synonymes, elle fait les liaisons que l'on ne fait qu'à l'écrit. Il n'y a pas de québécois dans ses phrases. Elle semble venir d'ailleurs. Elle semble avoir appris à parler ailleurs. Un ailleurs qui n'existe pas. Alors « pick-up », dans son français sans trace d'anglais, donnait « picope ».

Nous pouvions nous asseoir trois sur le siège avant. Il n'y avait qu'un siège avant. Ma sœur trouvait génial d'être assise au milieu, à l'avant, un endroit qui n'existe pas dans les voitures. À quelques coins de rue du terminus, nous avons « traversé les lignes ». Le pont qui franchit la rivière St-John, la « ligne » entre les pays, est une structure de métal vert. Le tablier est un très gros treillis de métal noir. Un treillis. Ça veut dire qu'entre les lattes métalliques, il est possible de voir la rivière dessous. J'ai dû fermer les yeux. Quelle horrible idée de faire un pont comme cela. Je sais bien que les trous sont trop petits pour y tomber, mais quand même, c'est bête d'entretenir la possibilité. J'ai ouvert les yeux quand la voiture s'est arrêtée. Ma tante a entrouvert sa fenêtre. Un douanier lui a parlé en anglais. C'était en 1999, il était encore possible de franchir les douanes américaines sans complication et sans passeport. Nous sommes entrées aux États-Unis avec deux phrases.

Dans les films américains, soit tout ce que je connaissais des États-Unis, on voit New York, on voit Los Angeles ou San Francisco. Ces villes ressemblent à Montréal, mais en plus grand, plus gros, plus effervescent. Plus américain. Mais on ne voit pas Madawaska, Maine. J'ai eu l'impression d'un portail vers un autre temps. Je n'avais jamais vu une si petite ville. Émilie a demandé pourquoi quelqu'un avait enlevé tous les feux de circulation. Et pourquoi ils avaient oublié de mettre le mot « arrêt » sur les panneaux routiers. Elle s'est amusée à dire « picope » à chaque camion que nous croisions. Devant le magasin d'alimentation, il y en avait tellement de stationnés que c'est devenu un seul mot « picopico-picopicopicop… ». Nous avons rigolé jusqu'à ce que les larmes nous embrouillent la vue.

Ma tante n'habite pas la ville de Madawaska, mais sur une terre à patates, ou dans « les concessions ». Ce n'est pas un autre mot pour dire champ de patates. Cela a à voir avec la répartition des terres quand les Acadiens se sont installés dans ce coin de pays. Il faut une demi-heure pour se rendre chez ma tante depuis la ville. Elle demeure sur une route où les maisons sont si espacées qu'il faut prévoir une trentaine de minutes de marche pour aller emprunter du sucre au voisin. Et on a beau rouler, tourner la tête à gauche, à droite, c'est toujours le même paysage : des champs de patates. Il y a aussi des champs de maïs, mais au début de l'été, il n'y a pas vraiment de différence.

Mon oncle Bob était assis sur la galerie quand nous sommes arrivées. Une galerie qui fait presque le tour de la maison. Rien à voir avec le mini-balcon de notre appartement. Mon oncle est venu vers nous en souriant. Il m'a fait un câlin et a tapoté craintivement la tête d'Émilie en signe de bienvenue. Leur maison est grande, avec un deuxième étage pour les chambres à coucher. Mon oncle et ma tante n'ont pas d'enfant. Il y a donc plein de chambres qui ne servent à rien. L'espace, à Montréal, est une denrée rare qui coûte cher. Dans le 5 ½ que nous habitons avenue De Lorimier, je partage ma chambre avec Émilie. La cinquième pièce sert de bureau. Et de rangement. Il y a de tout partout. Aucun espace disponible. Maman nous oblige à nous défaire d'un objet équivalent en grosseur si nous désirons en intégrer un nouveau dans l'appartement. Maman est une femme d'équilibre. Précaire. Mais équilibre.

Émilie ne voulait pas dormir seule. Ma tante nous a installées dans la chambre à côté de la leur. Il y avait un lit double, un grand bureau avec trois tiroirs, une fenêtre et un plafond en pente. Je savais que cela ne passerait pas inaperçu. Lors de notre première nuit, nous avons discuté longtemps sur les raisons possibles d'une telle chose, un toit en pente. Émilie s'est endormie en parlant. Ça lui arrive parfois.

Le lendemain, ce fut la découverte du jardin de ma tante. LE jardin. À quelques rues de chez nous, à Montréal, il y a un jardin communautaire. Les gens y louent un petit espace pour jouer aux jardiniers. Chaque morceau de terrain est grand comme une petite voiture. Le jardin de ma tante est grand comme la moitié d'un terrain de foot. Émilie s'est plantée les mains dans la terre comme si c'était l'endroit où elles devaient être depuis toujours. Ma tante, peut-être parce qu'elle n'avait pas le fardeau de la peur maternelle, n'a pas vu le comportement compulsif d'Émilie comme un problème. Elle l'a laissée jouer dans le jardin, planter des graines imaginaires, enlever les mauvaises herbes réelles, cueillir les légumes, parler aux fleurs, du petit matin jusqu'à la noirceur. Pendant deux semaines. Sans s'inquiéter de l'excessif.

Ma sœur est excessive. Ma mère essaye d'y mettre un peu d'équilibre, de limiter. Mon père essaye de lui expliquer le juste milieu. Émilie s'en fout. Ça crée des tensions, et ça n'équilibre rien. Moi, dans le jardin, j'ai découvert les petits pois frais, les feuilles de bettes que ma tante prépare à la vapeur avec du beurre, la rhubarbe crue trempée dans le sucre et les cerises de terre. Quand l'intérêt d'Émilie pour le jardin s'est atténué, ce qui a fini par arriver, nous avons exploré le reste des terres de mon oncle. Des champs de patates.

Vers la fin des vacances, un mardi après-midi, je le sais parce qu'Émilie portait du rouge, nous sommes arrivées à la limite d'un champ. Les plants de patates ne montent pas plus haut que la mi-jambe. Ils sont plantés en rangées bien linéaires. Nous avions reçu comme consigne de ne pas piler sur les plants. De marcher entre les rangs. Cela allait de soi. À cette condition, nous pouvions aller où nous voulions. À la fin du champ de patates commençait un champ de maïs. À la fin de l'été, un plant de maïs, c'est haut. Nous étions devant un mur. Ils nous dépassaient de quatre têtes. Derrière nous, la maison de ma tante était toute petite. Nous avions marché loin. Comme il n'y avait pas moyen de se perdre dans ces lignes droites, ma tante nous laissait aller aussi loin que nous le voulions. Elle nous avait avisées qu'il fallait toujours calculer le temps, la lumière et l'énergie pour être de retour à l'heure du souper. Un soir, nous avons couru, mais nous sommes arrivées trop tard. Ma tante et mon oncle nous attendaient devant le repas déjà servi. Et froid. Ils ne nous ont pas grondées. Le silence nous a bien dit de ne pas recommencer.

Devant le champ de maïs, Émilie est restée immobile. Silencieuse. Quand elle part pour voyager dans son monde intérieur, elle est silencieuse. Sinon, elle parle ou fredonne. Son silence était étrange. Inhabituel. Je me suis retournée vers elle. Elle n'observait pas le mur de tiges qui se dressait devant nous. Elle observait derrière. Entre les tiges. Comme si elle y apercevait quelque chose que je ne voyais pas encore. Elle m'a dit:

— Non.

— On ne va pas se perdre, tu sais. C'est comme le champ de patates. Il faut suivre les rangs.

Elle ne m'a pas répondu. Le vent soulevait ses longs cheveux. Le soleil allongeait nos ombres loin vers la droite. Le maïs dégageait une odeur sucrée et terreuse. L'été prenait toute la place. La voix d'Émilie est venue comme un murmure, toute petite.

— Non, on ne va pas s'y perdre.

Le refus d'Émilie était étrange. C'était dit avec la même crainte que si je lui avais proposé de sauter du balcon d'un vingtième étage. Et parce qu'Émilie avait confiance en tout ce que je disais, elle aurait quand même sauté.

— Pourquoi alors?

Cet après-midi-là, sa réponse m'a donné la chair de poule, mais le lendemain, je l'avais classée parmi les choses qu'elle dit quelquefois et qu'elle seule comprend. Si ce n'était de l'accident, je ne m'en souviendrais pas aujourd'hui:

— Tu ne l'entends pas?

J'ai écouté. J'ai même retenu ma respiration pour mieux entendre. Je n'ai rien entendu. Mais ce n'est pas parce que je n'entendais rien qu'elle n'entendait pas quelque chose.

— Je n'entends pas. Qu'est-ce que c'est ?

Ma sœur m'a regardée, puis a regardé le champ devant nous.

— C'est fini.

Elle a haussé les épaules. Elle est passée entre deux plants.

Nous nous sommes enfoncées dans le champ en traversant dans le sens contraire des rangs. Je me souviens du malaise dans le creux de mon estomac. Je suivais la petite robe rouge de ma sœur qui tranchait sur le vert des feuilles de maïs. La brise ne franchissait pas les plants. Le silence était pesant. Insolite. Chaud. Il n'y avait que le bruit de nos pas, étouffés, et celui des feuilles qu'on déplaçait à notre passage. Derrière nous, je ne voyais plus le champ de patates. Je ne voyais que du maïs. Partout. Le ciel bleu au-dessus, le vert tout autour et Émilie devant. Mon cœur s'est mis à battre. Fort. Puis Émilie s'est arrêtée.

— Ju ?

Elle m'appelle Ju. Je l'appelle Em.

— Nous sommes sur la planète Maïs, il n'y a rien d'autre qu'un éternel champ de maïs. Le peuple qui l'habite s'appelle les Maïs. Ils sont grands comme un grain de maïs, c'est une société d'enfants. Il faut faire attention de ne pas les écraser. Tu es leur reine.

Émilie s'est accroupie et a farfouillé dans la terre. Dans ses jeux, je suis toujours la reine, ou le personnage équivalent. Les docteurs ne comprennent pas comment une autiste de haut niveau peut s'adonner à des jeux imaginaires. Ils ne comprennent pas parce que c'est moi qui lui ai montré comment. Ils ne comprennent pas beaucoup de choses, pour des gens avec autant de diplômes. Ils se contentent de dire qu'elle est différente. Différente dans sa différence, comme si cela expliquait tout!

Émilie m'a fait signe de venir la rejoindre. Je me suis accroupie à ses côtés et mon cœur s'est calmé. Si ce n'était ce qui s'est passé six ans plus tard, cette première promenade dans le champ de maïs serait restée dans un coin oublié de mes souvenirs d'été. Aujourd'hui, je me demande si elle avait entendu quelqu'un. Ou quelque chose. De très ancien. Quelque chose qui l'aurait appelée. Quelque chose qui la voulait. Émilie, MA petite sœur.

Après ce premier été chez ma tante, nous y sommes retournées chaque année. Cet été, nous sommes parties au début juillet. Je possédais mon permis de conduire depuis plus d'un an et papa m'avait donné une voiture, une vieille Plymouth rouge, un modèle ancien. J'avais une Émilie folle de joie : un voyage en voiture, deux sœurs, six heures de route. Une liste de cent trente-quatre heures de musique ininterrompue, nos passeports, une glacière emplie de provisions pouvant nous faire tenir jusqu'en Californie.

Une fois chez ma tante, nous avions prévu une petite excursion à Bangor. Trois heures au sud de Madawaska, sur la 13e Rue, vit l'auteur Stephen King. Émilie avait lu *Ça*. Elle avait relu *Ça*. Sans s'arrêter, en boucle. De la dernière page, la 1138, elle était revenue à la première page. Puis elle avait recommencé à lire. Une fois la triple lecture de *Ça* terminée, elle a dévoré les autres romans de Stephen King.

— Pas les nouvelles. Je n'aime pas les nouvelles. Ce n'est pas assez long. Je n'ai pas le temps d'oublier qui je suis. Et pas la série de *La tour sombre*. Je n'aime pas *Le pistolero*.

Cela faisait quand même plus de trente titres, des romans dans lesquels elle disparaissait pendant des jours. Il lui arrivait de nous parler de ces univers fictifs pendant des heures. Elle était fascinée, elle était fascinante. Je n'ai jamais lu de Stephen King, mais j'aimais ses histoires dans les mots de ma petite sœur.

— Ju ! La ville dans *Ça*, elle s'appelle Derry, mais c'est Bangor, tu t'imagines ? Nous pouvons aller visiter une ville fictive, mais dans le réel. Ju ! Tu t'imagines ?

Comment refuser ? Bangor, Maine, nous attendait. Stephen King allait voir deux brunettes arpenter sa longue clôture de fer forgé pour le simple plaisir de voir la maison d'un auteur chéri par une petite sœur. Tantine était d'accord pour venir avec nous. Mais nous ne nous sommes jamais rendues. Nous n'avons pas touché la clôture noire, nous n'avons pas vu la grande maison rouge. Nous n'avons jamais vu Bangor.

En route pour Madawaska. Il faisait chaud. Soleil d'été. Nous portions des lunettes de soleil achetées pour l'occasion et des chapeaux à large rebord. Émilie portait une robe soleil jaune à pois jaune pâle (vendredi). Elle aime les pois. C'est le seul motif qu'elle aime. Elle tolère les lignes, mais elle refuse de porter tout le reste ; quand les motifs sont trop aléatoires, trop chargés, cela l'embrouille et la rend nerveuse. Anxieuse. Et quand elle est anxieuse, elle résiste. La voiture n'était pas climatisée. La musique était à plein volume pour couvrir le bruit du vent. Nous devions hurler pour nous entendre. Nous hurlions. C'était génial.

Cela faisait deux jours que nous étions arrivées chez ma tante. C'était un dimanche après-midi et nous faisions notre promenade de reconnaissance. Nous en étions au champ de maïs. Les plants n'étaient pas encore très hauts. Elle marchait devant moi. Elle ne disait rien. J'ai levé les yeux parce qu'elle était silencieuse. Je l'ai vue tomber, disparaître. Avalée par le sol. Elle n'a rien dit, pas un son. Le sol s'est dérobé: ses bras se sont projetés au-dessus de sa tête, ses cheveux ont été soulevés par le mouvement. Elle a disparu dans la terre. J'ai figé, mon cerveau ne voulait pas enregistrer l'impossible. J'ai arrêté de respirer. Une éternité. Puis j'ai crié. J'ai crié. Elle n'a pas répondu. Je me suis précipitée. Me suis arrêtée juste avant de basculer dans le trou. Un trou étroit, noir, sans fond. Un trou dans la terre. J'ai hurlé son nom. Encore. Encore. Encore. J'ai cessé de respirer pour mieux écouter. Je voulais que le vent se taise, que les épis de maïs arrêtent leur vacarme. Je n'entendais rien. J'ai crié que j'allais chercher de l'aide. J'ai crié si fort que ma voix s'est brisée.

J'ai couru. J'ai couru même quand mes poumons se sont mis à brûler. J'ai couru même quand mes jambes ne voulaient plus me porter. J'ai couru jusqu'à la maison. J'ai couru longtemps. Je me suis mise à hurler quand j'ai commencé à distinguer la couleur de la porte. J'ai hurlé si fort que ma tante est sortie en courant. Je l'ai vue descendre les marches du perron en une seule enjambée. Je l'ai vue courir vers moi. J'ai crié qu'Émilie était tombée. Elle était tombée. Tombée. Je me suis arrêtée. J'ai vu des lumières blanches danser autour de ma tante qui courait vers moi. Puis je n'ai vu que du noir.

Je me suis réveillée dans les bras de ma tante. Elle me demandait où était Émilie. « Où est Émilie, Julie, où est Émilie, Julie, où est Émilie, Julie, où est Émilie, Julie,

OÙ EST ÉMILIE, JULIE, OÙ, OÙ, OÙÙÙÙÙ??!?!?!! » Ma tête tournait, mes poumons brûlaient, mes jambes tremblaient. Il y avait un halo embrouillé autour de la tête de ma tante.

— Dans le champ de maïs. Un trou. Elle est tombée. Dans la terre. Elle ne répond pas.

Ma tante m'a aidée à me relever et a appelé mon oncle. Il est sorti de la maison en courant.

— Appelle les secours. Émilie est tombée dans le champ de maïs, un trou dans la terre. Elle ne répond pas. Julie va m'y mener.

Mon oncle a froncé les sourcils devant mon état.

— Je vais prendre le quatre-roues, Bob.

Il a filé dans la maison. Ma tante a filé dans le garage. Je suis restée debout. Le monde tanguait. Émilie était dans la terre. Toute seule. Elle déteste le noir. Elle a horreur des vers de terre. Émilie. Dans le fond d'un trou. Mon ventre s'est tordu. Fort. Je suis tombée à genoux. J'ai eu un haut-le-cœur. Je n'ai pas vomi. J'ai entendu le moteur. J'ai senti le monde reculer. Je respirais trop vite. Je me suis mordu l'intérieur de la joue. Le sang a empli ma bouche. Ma gorge. J'ai toussé. Le monde s'est remis en place. Je me suis levée. Mes jambes étaient liquides. Mais je n'avais pas le temps pour ça. Émilie d'abord. Ma tante s'est arrêtée à mes côtés. Je suis montée derrière elle, me suis cramponnée à elle. Elle a accéléré. Le vent mettait de l'eau dans mes yeux. Je n'avais pas le temps de pleurer. Je ne voulais pas pleurer. C'était le vent.

J'ai mené ma tante jusqu'au trou. Elle a écrasé tous les plants de maïs sur notre chemin. Jusqu'au trou. Puis elle a éteint le moteur. J'ai crié. J'ai hurlé. ÉMILIE !!! Mais elle n'a pas répondu. ÉMILIE !!! JE SUIS LÀÀÀ !!! Il n'y avait plus de vent. ÉMILIE !!! Il y avait toujours de l'eau dans mes yeux. Je me suis précipitée vers le trou. ÉMILIE !!! JE SUIS LÀ ! Ma tante m'a retenue. Le sol n'était peut-être pas stable autour du trou. ÉMILIE !!! Elle a posé une main sur mon bras. J'ai arrêté de crier, je suis tombée à genoux. Ma voix me faisait mal. J'ai crié encore. Puis j'ai rampé vers le trou en chuchotant « Émilie, Émilie, Émilie ». Quand j'ai vu le noir sans fond, j'ai retenu mon souffle. J'ai entendu des sanglots. C'étaient les miens. J'ai entendu un râle. Le mien. Émilie ne répondait pas. Ma tante s'est penchée à mes côtés. Elle a regardé le trou. Je l'ai regardée regarder le trou. Ce que j'ai vu dans ses yeux m'a fait plus peur que tout. Je me suis remise à crier le nom de ma sœur.

Je criais, mais il n'y avait plus de son qui sortait de ma gorge. Il ne restait qu'un affreux râlement. Ma tante voulait que j'arrête. Elle me caressait la tête en attendant les secours. Elle disait « Chut ». Mais je ne pouvais pas arrêter. Je disais Émilie, et j'attendais une réponse. Je disais Émilie et j'attendais qu'elle me réponde. Je ne pouvais pas arrêter. Je ne pouvais pas l'abandonner. Je n'arrivais même pas à penser. Je ne faisais que répéter son nom. Quand j'ai entendu l'ambulance et les pompiers arriver, je me suis mise à pleurer. Trop pleurer. Je ne pouvais plus parler, je ne pouvais plus respirer, je ne pouvais que pleurer. Quand l'ambulancier m'a soulevée, j'ai voulu protester. Je voulais rester près d'elle, je voulais l'aider. Il m'a injecté quelque chose dans le bras et j'ai arrêté de pleurer. Le serrement dans ma gorge a cessé. Les

tremblements de mes jambes se sont calmés. Les crampes dans mon ventre ont diminué. Le noir est venu.

Un plafond blanc. Une chambre d'hôpital. Émilie était dans le lit voisin. Pas de tube. Pas de fil. Pas de machine. Juste Émilie qui dormait. Vivante. Pâle. Les yeux creux. Cernés. De vilaines égratignures sur toute la joue gauche. Des morceaux de peau manquaient sur le côté de sa tête, il y avait des espaces clairs autour de son oreille gauche, comme si plusieurs cheveux étaient tombés. Les croûtes de sang séché donnaient un relief affreux à son visage. Son œil gauche, même fermé, était déformé. Enflé. J'ai eu envie de vomir. J'ai eu envie de pleurer. J'ai eu mal dans le milieu du corps juste à la regarder. Mais elle était là. Vivante.

Maman, sur une chaise au pied du lit, s'est levée quand j'ai tourné la tête.

— Maman ? Comment…

Cela me faisait mal de parler. Ma voix était étrange, un râle s'y était installé. Il y est encore.

— Ça va, ma chérie ?

— Émilie, maman, Émilie. Je l'ai laissée tomber, Émilie. Je n'ai pas pu l'empêcher de tomber.

Ma voix était plus ténue qu'un chuchotement.

— Elle va bien. Quelques côtes fêlées, mais elle va bien. Ils t'ont donné un puissant sédatif, tu étais en état de choc, tu as dormi longtemps.

Son regard s'est assombri. Ma mère est devenue aussi mince qu'une feuille de papier. C'est ce qu'elle fait quand elle souffre. C'est aussi ce qu'elle fait quand elle ment. Et elle me mentait, je le savais. Elle m'a dit qu'ils l'avaient sortie rapidement, que tout s'était bien passé. Elle mentait, je l'ai vu. Dans tout son corps, je l'ai vu. Mais Émilie était là, paisible, endormie. Ma voix me faisait mal. Mes muscles me faisaient mal. Ma tête me faisait mal. J'avais soif. Je n'ai rien ajouté. Ma mère est allée me chercher un verre d'eau avec de la glace. Je me suis rendormie.

Durant la nuit, je me suis réveillée. Je faisais un cauchemar. Je rêvais qu'Émilie n'existait plus. Elle n'était pas morte, elle n'existait plus; elle s'était dissoute et personne ne se souvenait d'elle. On me croyait folle. On disait que j'étais trop vieille pour m'inventer une petite sœur. Je me suis réveillée avec un long frisson qui s'est répandu de l'intérieur vers l'extérieur. La chambre était silencieuse. L'hôpital était silencieux. Il y avait une petite veilleuse sur la table de nuit et sa faible lueur éclairait Émilie. La chaise au pied du lit était vide. Sans faire de bruit, je suis sortie de notre chambre, la 237, pour voir si maman était dans le corridor. Il n'y avait personne. Maman dormait sans doute chez ma tante. Je suis revenue près du lit d'Émilie. Regarder Émilie. De l'autre côté. À gauche, son visage était sans expression, je voulais voir ce qui se passait du côté droit.

Maman m'a dit que quand ma petite sœur est venue au monde, je m'occupais d'elle comme si c'était une poupée. Ma petite poupée. Je la regardais dormir. J'aidais maman lorsqu'elle lui donnait le boire, je la changeais de vêtements, je lui chantais des berceuses. Je m'endormais dans sa couchette en lui racontant des histoires. Maman et papa me laissaient faire. C'est moi qui lui ai fait faire ses premiers pas. Je n'avais que quatre ans, c'est mon plus ancien souvenir. Je me rappelle la fierté éprouvée. Fière de ma petite sœur, fière d'être une grande sœur. Je l'ai souvent regardée dormir. Je la connais par cœur.

Cette nuit-là, dans son lit d'hôpital, elle ressemblait à une autre version d'elle-même, une poupée de cire. Son visage avait une expression figée. Tendue. Quelque chose qui ne s'accordait pas avec le sommeil, qui ne ressemblait pas à Émilie. Quelque chose. J'ai observé sa cage thoracique se soulever. Elle respirait. Son visage, du côté droit, ne présentait aucune égratignure. Puis j'ai remarqué ses mains. Ses doigts. Ses ongles étaient grugés jusqu'à la peau. Jusqu'au sang. J'ai senti mes genoux se dérober sous moi, j'ai dû agripper la barrière de métal du lit pour ne pas tomber. Comment avait-elle pu se mettre dans un état pareil si elle était inconsciente ? J'ai levé les yeux et j'ai vu qu'Émilie était réveillée. J'ai tout de suite su que ça n'allait pas : ses yeux étaient ouverts, mais ses yeux étaient vides. Ailleurs. Absents. Je regardais dans ses yeux, je regardais le vide, mais le vide ne me regardait pas… Elle fixait un point invisible devant elle. Elle était silencieuse. Elle s'était réveillée sans dire un mot. Elle ne m'a pas appelée, elle ne m'a pas demandé ce qui s'était passé. J'ai eu l'impression de me faire jeter hors de son univers. Elle m'enfermait dehors. Comme si elle m'en voulait de l'avoir laissée tomber. De l'avoir laissée dans le noir. De l'avoir laissée dans une situation où il était impossible de ne pas se dévorer les ongles jusqu'au sang.

— Em ?

Ma voix était plus douce qu'un murmure. Elle a tourné la tête vers moi. Elle ne m'a pas reconnue. Son regard m'a traversée, il ne m'a pas enregistrée. Comme si ce n'était pas ma petite sœur qui me regardait. Je

Des contrecoups que l'on ressent pendant des jours. Elle s'inquiète, elle pose d'autres questions, elle se consume et m'entraîne avec elle. Ça coûte cher de parler avec ma mère. Alors je ne voulais pas lui dire qu'Émilie s'était réveillée, et qu'elle m'avait fait peur. Je ne savais pas comment l'expliquer. C'était comme si ce n'était pas ma petite sœur dans ce lit. Je ne voulais pas l'expliquer. Je ne voulais pas y croire. J'ai fait comme si elle ne s'était pas vraiment réveillée. Comme si. Un rêve. Pendant un moment, cela a fonctionné.

Je suis retournée chez ma tante ce jour-là. Émilie est restée à l'hôpital une nuit de plus, sous observation. Quand ils ont dit que tout allait bien, nous avons fait le voyage de retour. Émilie est allée dans la voiture climatisée de ma mère et j'ai suivi. Les vitres baissées et sans musique. Une fois à la maison, papa est venu nous voir. Il a essayé de faire parler Émilie, mais elle ne répondait pas. Pas vraiment. Le lendemain, c'était pareil. Peu importe qui lui parlait, elle restait silencieuse. Elle nous entendait, elle répondait parfois avec un hochement de tête, mais c'était tout. Ma mère disait que c'était normal, qu'il lui fallait un peu de temps, que les choses allaient redevenir comme avant. Avant, comme quand j'existais dans le monde de ma petite sœur. Avec le temps, les choses redeviendraient comme avant.

Mais les terreurs nocturnes sont venues, et le « comme avant » est resté dans le passé.

n'arrivais plus à parler. Je ne savais pas si je devais parler. Elle a observé la fenêtre voilée d'un rideau gris. Elle a observé la barrière qui nous séparait. Son regard s'est arrêté à la petite veilleuse allumée en permanence sur la table entre les deux lits. Elle a fixé la lumière trop longtemps. Sans cligner des yeux. Puis elle a regardé la chaise vide au pied des lits. Elle a refermé les yeux et sa respiration a ralenti. Elle s'est rendormie. J'ai effleuré son bras, même si je sais qu'elle n'aime pas ça. Je voulais lui parler, rétablir le contact. Je voulais retrouver ma petite sœur. Je voulais tellement. Elle n'a pas réagi. Je suis retournée dans mon lit le ventre noué. Épuisée, j'ai glissé dans un état entre le sommeil et l'éveil. Je n'étais pas bien.

Au petit matin, maman est revenue avec un grand café, je n'ai rien dit. Elle m'a demandé si la nuit s'était bien passée :

— Émilie ne s'est pas réveillée ?

— Je ne crois pas, mais je ne suis pas certaine, je dormais.

— Ça me rassure de savoir que tu as bien dormi.

Je n'ai pas répondu. Ce n'était pas une question, alors je n'ai pas répondu. Je ne voulais pas mentir à ma mère, mais je ne voulais pas tout lui dire. Tordre un peu la réalité, en dissimuler une partie, omettre certains détails… Ce n'est pas exactement mentir. C'est… choisir une interprétation, ne pas rendre plus difficile ce qui l'est déjà. Je ne voulais pas lui dire ce qui s'était passé. Je savais que quelque chose n'allait pas. Tout en moi hurlait que quelque chose n'allait pas, mais je ne voulais pas en parler avec ma mère. Parler avec ma mère a toujours des conséquences à long terme. Sur elle. Sur moi.

Cela faisait plusieurs jours que nous étions de retour à la maison. Les journées passaient lentement. Émilie restait dans son lit. Malgré les analgésiques, ses côtes la faisaient souffrir si elle bougeait trop. Elle arrachait constamment les croûtes qui se formaient sur ses égratignures. Elle tolérait mal l'aspect rugueux de sa peau. Elle attendait d'être seule, elle ne voulait pas qu'on lui dise d'arrêter, mais je voyais bien que ses plaies formaient toujours de nouvelles croûtes. Son œil avait désenflé, il ne restait que quelques éraflures sur son visage, mais elle ne parlait pas. Je me disais que les analgésiques l'embrouillaient, que c'était pour cela qu'elle ne me parlait pas beaucoup, qu'elle ne me parlait pas vraiment. Quand je lui ai demandé ce qui s'était passé dans le champ de maïs, elle a haussé les épaules. Les docteurs ont dit qu'elle avait perdu conscience. Mais il y avait ses ongles, ses ongles rongés jusqu'au sang. J'avais envie de pleurer, envie de m'excuser, envie de faire quelque chose pour que le sentiment de responsabilité cesse de me tordre l'estomac. Le vide s'était installé à la place de ma sœur. Je ne savais pas quoi dire. J'évitais de la regarder grimacer quand elle bougeait. Je ne pouvais rien faire. Je me sentais lâche. Ma petite sœur souffrait et je n'y pouvais rien. Sa souffrance n'était pas que physique et je n'y pouvais rien. Je me sentais inutile, égoïste de penser à moi. Je ne pouvais rien faire pour cela non plus. Je passais ces journées d'été enfermée dans notre petit logement. Impossible de m'imaginer profiter des vacances après ce qui était arrivé. Pas pendant qu'Émilie restait silencieuse dans son lit à contempler le vide blanc du plafond de notre chambre. Je me punissais.

Quand j'étais au primaire, maman venait me prendre à l'école puis nous allions chercher Émilie à son cours spécialisé. Dès que nous nous présentions à la porte de sa classe, peu importe ce qu'elle faisait, Émilie courait vers nous. Elle courait vers moi. Elle ne se jetait pas dans mes bras parce qu'elle n'aime pas les contacts physiques, mais elle courait jusqu'à moi avec ce rire que j'adore et elle me racontait sa journée. La voir courir vers moi avec autant de plaisir me faisait me sentir la personne la plus importante au monde. La plus importante dans son monde. C'est un sentiment exceptionnel. Je n'ai jamais senti quelque chose de plus fort ou de plus agréable depuis. Cela me donnait de l'assurance et une conviction inébranlable: j'étais indispensable. Essentielle. Émilie me faisait sentir tout cela. Juste en courant vers moi avec plaisir. L'inverse de ce sentiment était atroce. Perdre ce lien avec elle me laissait vide et insignifiante. Inutile et vaine. C'était le désert. C'était insupportable.

Le troisième soir, j'ai pensé en parler avec maman. Je ne l'ai pas fait. Elle était trop inquiète. Elle semblait encore plus mal en point qu'Émilie. Elle allait travailler. Elle revenait épuisée. Elle tenait la routine. Elle semblait absente. Même présente, elle était absente. Je me suis couchée avec la boule de culpabilité bien ancrée dans le fond de mon estomac. Je commençais à m'habituer à la présence de la boule. Elle était plus présente que ma mère inaccessible, plus que ma sœur qui ne me parlait plus. Puis, je me suis réveillée au milieu de la nuit parce que je faisais le cauchemar. Le même toutes les nuits depuis l'accident. Un cauchemar normal, m'avait dit le médecin à l'hôpital.

Dans mon rêve, je courais sans cesse, mais je n'avançais pas. Il ne se passait rien d'autre. Je ne faisais que courir sur place. Tous mes efforts ne me menaient nulle part, je restais à la même place. Je cherchais Émilie. Il y avait une brume, un brouillard épais et blanc. Il enveloppait tout, il pouvait cacher n'importe quoi. Elle était quelque part dans le brouillard. J'étais terrorisée. Je n'avançais pas. Je courais de toutes mes forces et je n'avançais pas. Je criais mais cela ne produisait aucun son. Il n'y avait rien autour de moi. Que le brouillard. C'était étouffant. Il y avait quelque chose de tapi dans le brouillard. J'ignorais comment je le savais, mais je le savais. Et je courais sur place. Jusqu'à m'épuiser. Puis venait l'impression de glu. Le brouillard s'épaississait, se densifiait. Comme si je courais dans la glu. Mes mouvements devenaient difficiles, impossibles, je n'arrivais plus à bouger, je n'arrivais plus à respirer, et je me réveillais. En sueur. Assoiffée. La peur au ventre. Un cauchemar classique. Avec une signification évidente : le reflet de mon impuissance devant l'accident de ma sœur. Reste de culpabilité.

Je me suis réveillée vers 4 h 30. J'avais l'impression d'avoir fait le rêve pendant des heures. J'étais brisée. Je me suis levée pour aller boire de l'eau, mais j'ai vu le lit vide. Puis j'ai vu un bout de son t-shirt blanc sous le lit. Je me suis approchée. Je n'avais plus soif. J'ai murmuré son nom, tout doucement. J'étais convaincue que ce n'était pas elle, sous le lit, mais quelque chose d'autre. Quelque chose d'horrible. Qui avait avalé ma sœur. Qui portait son t-shirt. J'ai arrêté mon mouvement. J'avais peur. J'avais tellement peur que je n'osais plus bouger. La même peur que dans le rêve. Je ne pouvais m'empêcher de penser que ce n'était pas elle sous le lit. Émilie sous son lit. C'était impensable, impossible. Avant, elle me demandait chaque soir de vérifier qu'aucun monstre ne se cachait là-dessous. Elle ne l'avait pas fait depuis l'accident, mais elle n'irait jamais se cacher sous son lit. Le silence amplifiait ma respiration sifflante. J'ai réalisé que je n'entendais pas celle d'Émilie. C'est ce qui m'a fait bouger, l'idée que c'était elle sous le lit et que je ne l'entendais pas respirer. Je me suis précipitée, je me suis agenouillée et j'ai regardé sous le lit. Elle était recroquevillée contre le mur, tout au fond. Elle avait enlevé son t-shirt et son pantalon. Elle ne portait qu'une culotte blanche. Malgré la noirceur, je pouvais voir le faible reflet de ses yeux ouverts. Grands ouverts. J'ai tendu la main vers elle :

— Em ? Émilie ? Qu'est-ce qui se passe ? Tu as mal ?

Ses côtes. Elle ne pouvait être repliée ainsi sur elle-même sans souffrir. Elle n'a pas bougé.

— Em, tu me fais peur, sors de là-dessous, s'il te plaît, viens.

Elle ne bougeait pas. Elle semblait pétrifiée. Je me suis redressée et j'ai allumé la lampe de chevet. Elle s'est mise à hurler. Une seule note continue. Aiguë. Stridente. Trop stridente pour venir de ma petite sœur. J'ai entendu ma mère débouler de son lit et courir jusqu'à notre chambre. Elle criait mon nom en venant. Pas celui d'Émilie. Le mien.

— Julie? Julie? Qu'est-ce qui se passe?

En arrivant dans la chambre, elle m'a regardée. Je ne pouvais pas parler. J'ai pointé le dessous du lit. Elle a compris. Sans dire un mot, nous avons pris chacune notre bout du lit. J'ai eu le temps de penser que ma mère ne trouverait pas la force de le soulever, mais j'avais tort. Émilie est apparue, plus blanche que jamais, recroquevillée, hurlant sans même reprendre son souffle. Le lit a fait un bruit sourd quand nous l'avons relâché trois pieds plus loin. Je regardais Émilie. Ce n'était pas une crise, c'était autre chose. Elle était méconnaissable. La souffrance déformait son visage. Ma mère s'est approchée, elle a posé une main sur la tête d'Émilie, le cri a cessé. Le silence a provoqué des frissons sur ma peau. Les yeux de maman étaient pleins d'eau. Elle s'est penchée pour prendre sa fille. Émilie n'a pas bougé, elle n'a même pas réagi au contact. Elle a continué à fixer le vide. Quand ma mère a commencé à la soulever, j'ai compris. Ses membres étaient contractés depuis trop longtemps, elle était tétanisée. Un bloc de chair statufiée. J'ai aidé maman. Nous avons placé Émilie dans mon lit. Maman s'est mise à lui masser une jambe, à essayer de la déplier. J'ai fait pareil. La respiration d'Émilie était saccadée, sa peau, froide. Elle regardait le vide, quelque part entre nous et le plafond. Ce qu'elle voyait, je n'en sais rien, mais la terreur qu'exprimait son visage me donnait le goût de fermer les yeux pour toujours. Je frictionnais de toutes mes forces. Je sentais la sueur dégouliner dans mon dos. J'étais gelée. Glacée. Mais la sueur roulait en larmes le long de ma colonne. Maman murmurait des mots d'encouragement:

— Reviens, Émilie.

Sa voix n'était pas rassurante, mais elle essayait.

— Reviens, ma grande, ça va aller.

Elle a levé les yeux vers moi. J'ai compris. J'ai chuchoté aussi.

— Em, nous sommes là. Tout va bien. Réveille-toi.

Non, tout n'allait pas bien. Rien n'allait bien, mais les muscles ont commencé à se relâcher. Nous avons réussi à déplier une jambe, puis l'autre. J'ai commencé à lui frotter un bras. Maman est allée chercher un onguent analgésique et lui a tartiné le dos. L'odeur de camphre s'est répandue dans la chambre. Le corps d'Émilie s'est détendu. Il a été possible de l'allonger. J'essayais de déplier ses mains, mais je n'y arrivais pas. Elle serrait trop fort. Si elle avait eu des ongles, ils auraient transpercé sa peau. Mais elle n'en avait plus. J'ai glissé mes pouces sous ses doigts et j'ai massé le creux de sa main. Les doigts se sont relâchés. J'ai allongé ses bras le long de son corps. Ses yeux se sont fermés. Sa respiration s'est calmée. Elle tremblait, mais ne semblait plus souffrir. Son esprit était toujours ailleurs. Je me suis dit qu'il fallait qu'elle soit bien loin en elle-même pour ne pas réagir à ce massage forcé. Si elle avait été éveillée, nous n'aurions jamais pu la toucher ainsi. Cela aurait été trop pour elle. Un trop-plein de stimuli physiques qui l'aurait fait disjoncter. Mais cela n'avait plus d'importance. Pas là. Pas à ce moment. Je me suis couchée à sa droite, maman s'est couchée à sa gauche. J'ai placé mon édredon de plumes sur nous.

— Maman, qu'est-ce qui s'est passé…

Ma voix n'avait même plus la force de terminer sur une note interrogative, c'était un ton absent de tout, un filet de voix sans vie. Elle m'a observée un moment. Je pense qu'elle a failli me raconter une histoire, un truc qui n'expliquerait rien, mais elle a choisi de me dire une partie de ce que les docteurs lui avaient dit. Ce devait être mes yeux, ou peut-être ma voix.

— Ce sont des terreurs nocturnes. Les médecins m'ont prévenue que c'était possible vu les circonstances. C'est normal.

Normal ? Si j'en avais eu l'énergie, je me serais mise à hurler. Je crois que cela m'aurait fait du bien. Mais je n'avais plus de forces, et Émilie dormait.

— Terreur de quoi ? Elle n'est pas censée se souvenir de l'accident…

Ma voix devint inaudible sur les derniers mots. L'accident. C'était à présent un sujet tabou. Ma mère a fait comme si elle n'avait rien entendu. Elle n'a rien ajouté. Nous nous sommes finalement endormies, nos corps gardant le sommeil d'Émilie. Le lendemain matin, quand j'ai ouvert les yeux, ma mère était déjà dans la cuisine. Elle a fait comme si tout allait bien. Émilie n'a rien dit. Seules les courbatures de ma sœur et son lit déplacé m'assuraient que je n'avais pas rêvé. J'ai replacé son lit. La journée s'est déroulée comme toutes les autres, mais rien ne semblait à sa place.

Je courais. Je n'avançais pas. Le brouillard était de plus en plus épais, mes mouvements, de plus en plus difficiles. Je criais. Je criais le nom d'Émilie. Elle était quelque part dans le brouillard. Je le savais sans la voir. Je le sentais. Mais je ne produisais aucun son. Quelque chose approchait. La chose dans le brouillard. Je voulais hurler à Émilie « cours ! » Rien. Le hurlement faisait vibrer ma cage thoracique, mais le silence restait complet. La peur. LA peur. Elle était partout et je ne pouvais pas courir. Le brouillard était de la glu. J'étouffais. Je ne pouvais plus respirer. Je me suis réveillée avec un hurlement coincé dans la gorge : j'étais couverte de sueur, mon drap était trempé. Je me suis levée pour aller boire de l'eau. La peur paralysait encore mes pensées. La nuit, la peur a toujours l'avantage du terrain. Je n'arrivais pas à chasser cette impression d'horreur. Je n'ai pas regardé si Émilie dormait. Je me suis dirigée vers la cuisine. J'ai ouvert la porte du réfrigérateur. La lumière a éclairé la pièce. Mon regard a été attiré vers un bout de tissu blanc sous la table. Le t-shirt d'Émilie. J'ai laissé la porte du réfrigérateur ouverte. Je me suis penchée. Émilie. Émilie était là. Elle était ailleurs. Le sentiment était familier. Comme dans le rêve. Émilie quelque part dans le brouillard. Hors d'atteinte. En danger. Son visage figé dans une expression de terreur. Perdu dans le brouillard. Encore là. Prise dans un cauchemar. Prise dans mon rêve. Elle n'avait pas réussi à se réveiller. Elle n'avait pas réussi à courir. Elle était prise dans mon cauchemar. Je ne pouvais rien faire. J'ai marché jusqu'à la table, je me suis glissée dessous. Émilie était dans la même position que la veille. Son pantalon et son t-shirt enlevés. Ses yeux grands ouverts ne voyaient rien. Elle était ailleurs. L'idée de partager le même rêve ne semblait pas impossible. Pas dans le noir de la nuit. Pas avec Émilie pétrifiée sous la table de la cuisine. Étrange. Pas impossible. J'avais peur. Mais je pouvais être plus forte que ma peur. Pour elle.

— Em, c'est moi. C'est Ju. Je sais que tu es là. Dans le brouillard. Respire. Je suis là. Respire. De l'air, Em. Respire l'air. Réveille-toi. Allez, Em, tu peux le faire. Respire. Ce n'est qu'un rêve. Réveille-toi. Em. S'il te plaît. Pour moi. S'il te plaît.

Je ne pouvais pas rester encore à ne rien faire. Je devais la sortir de là. Je pouvais au moins la sortir de là.

— Em. Allez, Em. Tu m'entends ? C'est Ju. C'est moi. Sors de là. Tout de suite. Maintenant. Réveille-toi.

Elle a eu un hoquet. Un son creux. Une sorte de « taaaaak ». J'ai pensé qu'elle allait vomir. Un autre hoquet. Elle a expulsé de l'air. Vomi de l'air. Fort. Puis ses yeux se sont focalisés sur mes mains. Elle m'a regardée. Elle s'est dépliée avec une grimace. Pas de spasme. Elle n'était pas là depuis longtemps. Elle s'est assise.

— Ju ?

Sa voix était vacillante :

— Tu étais dans le brouillard ?

Tous les poils de mon corps se sont dressés en même temps. Elle a ajouté :

— Il y a quelque chose de mauvais qui chuchote dans le brouillard.

Tous les muscles de mon corps se sont dénoués en même temps. Ça m'a donné l'impression de basculer dans le vide. J'ai voulu dire quelque chose, mais ma voix est restée coincée. Je me suis concentrée sur ce qui venait de se passer plutôt que sur ce qu'elle venait de dire. Compartimenter. Une chose à la fois. Elle s'était adressée à moi. Elle ne répondait pas à une question. Elle s'était adressée à moi. Pour la première fois depuis l'accident. C'était la première fois qu'elle disait mon nom. Depuis l'accident. C'était ça, l'important. Pour moi. Pour le moment. Et elle frissonnait.

— J'ai froid.

— Viens te coucher, Em.

Elle s'est extirpée de dessous la table et a marché d'un pas hésitant vers sa chambre. J'ai ramassé son pantalon et son t-shirt, j'ai fermé la porte du réfrigérateur et je l'ai suivie. J'ai fait bien attention de ne pas penser à ce qu'elle m'avait dit. Je l'ai bordée comme l'enfant qu'elle n'était plus et je suis retournée dans mon lit. Je ne me suis pas rendormie.

J'ai regardé Émilie dormir jusqu'au matin, puis je me suis levée. Maman était déjà partie. Dans la cuisine, à la lumière du jour, l'idée d'avoir partagé un rêve semblait ridicule. Il devait y avoir une autre explication. Peut-être que je parlais en dormant, peut-être qu'Em rêvait ce qu'elle entendait. Peut-être que c'était l'inverse. Peut-être que je lui avais suggéré l'idée du brouillard. Tout cela semblait encore plus improbable que le fait de partager un rêve. Je ne savais plus quoi penser. Je ne voulais plus penser. Oublier. Je me suis fait une rôtie au beurre d'arachide. Oublier. L'assiette blanche, sur la table de cuisine, avec une rôtie au beurre d'arachide. Et un verre de lait au chocolat. Normal. Comme d'habitude. Comme avant. J'ai entendu Émilie se lever. Elle est venue s'installer à la table avec un verre de lait. Elle bougeait lentement. Ses côtes étaient encore douloureuses. Elle a observé le chat du voisin, M. Winston Churchill, qui s'était installé sur le rebord de notre fenêtre. Puis elle s'est tournée vers moi.

— Comment cela se fait-il que nous soyons dans le même rêve, Ju ? Comment fais-tu pour sortir du brouillard ? Je n'aime pas être dans le brouillard. Ça me fait peur. Je veux sortir mais je n'y arrive pas...

J'ai fermé les yeux un petit moment. Dans le noir de ma tête, il y a eu un grand moment de silence. Quand j'ai rouvert les paupières, il y avait ma petite sœur devant moi. Elle avait quinze ans. Elle avait quatre ans. C'était pareil. J'aurais tout fait pour elle. Pour la protéger. Pour l'aider. Ma petite sœur.

— Je ne sais pas, Em. Dans mon rêve, le brouillard, il devient de la glu. Je ne peux plus respirer et je m'étouffe. C'est comme ça que je me réveille, parce que je ne peux plus respirer. Je peux te faire tes rôties au beurre d'arachide et au miel, comme tu les aimes. Je me réveille parce que je ne peux plus respirer. Voilà. Tu veux des rôties ?

— Tu as peur ?

Quand Émilie a peur, sa voix change. Elle perd deux octaves. Elle doit se forcer pour que sa voix franchisse ses lèvres. Cela donne l'impression que quelqu'un l'étrangle pendant qu'elle tente de parler. Elle avait peur, là, dans la cuisine. Avec la lumière du soleil sur ses cheveux emmêlés. Éveillée. Elle avait peur. Je n'aimais pas ça.

— Oui, j'ai peur. C'est un vrai cauchemar, Em. J'ai peur sans raison. Juste peur. Comme dans tous les cauchemars. Cela ne veut pas dire que la raison de la peur est réelle. C'est juste le rêve qui fait peur. Ce n'est pas réel.

Elle m'a observée. Quand elle me regarde comme ça, je sais qu'elle mesure la portée de ses paroles. Je sais qu'elle va dire quelque chose que la plupart des gens ne comprendront pas. Je sais aussi qu'elle compte sur moi pour comprendre.

— Je ne pense pas que c'est juste un cauchemar.

Je ne pouvais pas vraiment la contredire. L'état dans lequel elle se réveillait lui donnait raison. Mais il y avait autre chose. C'était sur le pourtour de ma conscience, mais je ne le voyais pas. Je ne voulais pas le voir. Ce n'était pas encore accessible. Pas à ce moment.

— Explique-moi.

— Je pense que c'est un… un… un souvenir. De l'accident.

Une douleur aiguë est montée de mon ventre jusqu'à mon estomac. Un coup d'épée. Mon estomac a réagi en m'envoyant une décharge d'acidité dans la bouche. Acidité et beurre d'arachide. J'ai fait une grimace. J'ai ravalé. J'ai fait une autre grimace.

— Je pensais que tu ne te souvenais pas, Em. De l'accident. Maman a dit que tu avais perdu conscience.

Je n'arrivais pas à dire autre chose. Je voulais dire « dans le trou ». Je voulais hurler « dans le maudit trou », mais je n'étais pas capable. Pas encore.

— Il y a des images, des fois, un bruit, dans ma tête… et… c'est comme un souvenir. Il y a trop de détails pour que cela ne soit pas un souvenir. Je ne sais pas si…

Elle s'est arrêtée. Je ne voulais pas qu'elle aille plus loin. Il y avait trop de douleur dans sa mâchoire crispée. Dans son corps tendu. Elle s'est mise à gratter les croûtes qui restaient sur le côté de son visage.

— Em, ne touche pas, ça pourrait s'infecter.

Elle a levé les yeux vers moi. Elle ne semblait pas comprendre.

— Tes plaies, Em. Ne touche pas.

Elle a descendu sa main et a regardé ses doigts comme s'ils ne lui appartenaient pas.

— Je ne m'en suis pas rendu compte…

Elle avait peur. J'avais peur. Trop de choses impossibles à expliquer, qui s'empilaient et avec lesquelles je ne pouvais rien faire.

— Ça va aller, Em.

— Je saigne ?

— Non. c'est OK.

J'ai détourné le regard.

— Alors, tu veux des rôties ?

J'ai brisé le lien avec un morceau de réalité. Elle s'est refermée sur elle-même. C'était presque un mouvement physique. Ses yeux ont dérivé vers un endroit auquel je n'avais pas accès. C'est à ce moment que j'ai réalisé qu'elle ne gesticulait plus. Avant, elle parlait avec ses mains. Tout le temps. La voix soutenue par tout un registre de gestes imageant ses propos. Ses mains étaient restées sur la table de cuisine. Muettes.

— Non merci, je n'ai pas très faim.

Elle n'a pas terminé son verre de lait. Elle s'est levée et est retournée dans son lit. Lentement. J'ai entendu son lit craquer. Elle se recouchait. Je me suis demandé si c'était son rêve à elle que je rêvais plutôt que l'inverse. J'ai regardé son verre de lait à demi plein. Elle n'avait pas mangé. Je n'ai pas insisté. J'aurais dû insister.

Quelque chose. Quelque chose m'a réveillée. Dans le brouillard. Encore. Je faisais le rêve si souvent que je commençais à réaliser que c'était un rêve pendant que j'étais dedans. Le brouillard. Quelque chose dedans. Je n'étouffais pas. Le brouillard était moins épais. Je me souvenais de ma conversation avec Émilie. Émilie dans le brouillard avec moi. J'ai cherché, sans bouger. Puis j'ai vu Émilie. La silhouette sombre d'Émilie. Loin. Contre le gris du brouillard. Elle n'était pas seule. Quelque chose était avec elle. Une ombre. Quelque chose était collé à elle. Quelque chose qui essayait d'entrer en elle. Elle ne réagissait pas. Elle ne bougeait pas. Je voulais crier, l'avertir, mais il y avait un bruit qui emplissait tout l'espace, je ne pouvais pas crier. Je ne pouvais pas l'avertir. J'ai voulu aller l'en empêcher. Je ne pouvais pas bouger. L'ombre s'est glissée dans sa bouche. Elle a disparu. Je ne pouvais pas courir. J'ai senti mon cœur s'arrêter. Une peine énorme m'a écrasée, je me suis mise à pleurer. Mes sanglots m'empêchaient de respirer. J'ai ouvert les yeux. Le réveille-matin indiquait 4 h 38. Je savais que ce n'était qu'un rêve, mais mes yeux pleuraient encore, la peine restait, comme si mon cerveau n'arrivait plus à faire la différence. J'ai tourné la tête. Le lit d'Émilie était vide. J'ai voulu me lever pour la trouver. Pour me calmer. Puis je l'ai vue. Au pied de mon lit. Elle n'était pas assise. Elle était accroupie. Comme un chat sur le point d'attaquer. Elle ne bougeait pas. Elle ne dormait pas. Elle me regardait. Je voyais à peine ses yeux. Elle était dos à la fenêtre. Mais elle me regardait. Mon cœur s'est mis à battre contre ma poitrine. Ma peine s'est envolée. J'ai pensé « ce n'est pas ma sœur ». Cette pensée m'a envahie, a pris toute la place. Il y a une étrangère assise au pied de mon lit au milieu de la nuit. J'ai retenu un cri. J'ai pris une grande respiration.

— Em ?

Ma voix. Dans le silence, elle tremblait.

— Em, ça va ?

Elle ne répondait pas. Elle ne bougeait pas. Je voyais la lueur verte du réveille-matin se refléter dans le blanc de ses yeux. Elle ne cillait pas. J'ai tendu la main pour allumer la lampe de chevet. Elle s'est mise à grogner. Pas un grognement. Pas comme un animal. Quelque chose d'autre. Un son. Qui m'a fait retirer ma main. Un avertissement.

— OK, Em. Pas de lumière. Mais tu retournes dans ton lit.

Je ne voulais pas que ma voix tremble. Je ne voulais pas lui laisser entendre que j'étais terrorisée. Ma voix tremblait et j'étais terrorisée. J'ai essayé de mettre de la colère dans ma voix.

— Tu retournes dans ton lit maintenant !

Ma voix était molle, mais Émilie s'est levée et elle est retournée dans son lit. Je ne me suis pas levée pour la border. Je ne lui ai pas demandé si tout allait bien. J'ai gardé le silence. J'ai écouté sa respiration ralentir. Je l'ai écoutée s'endormir. Je n'ai pas réussi à me rendormir. Je ne me suis pas levée. Je ne voulais pas devoir m'expliquer avec maman si elle me trouvait debout en pleine nuit. Qu'est-ce que j'aurais dit? Ma petite sœur me fout la trouille? Je ne suis même pas certaine qu'il s'agisse tout à fait de ma petite sœur? Je crois que quelque chose s'est collé à elle dans ce maudit trou? Quelque chose qui est remonté avec elle? Je laissais l'odeur de la nuit, les restes de mon cauchemar modeler mes pensées. Je devais rester logique. Tout pouvait s'expliquer. Terreur nocturne. Somnambulisme. Effets secondaires des médicaments. Des explications raisonnables, qui expliquaient tout. Je ne sais pas pourquoi je n'arrivais pas à y croire. Pas complètement. Pas sur toute la ligne. Pas la nuit. Et pas dans le silence qui amplifiait les battements trop rapides de mon cœur.

Le lendemain, j'ai téléphoné à mon père. Je voulais parler d'Émilie, je voulais parler du rêve. Je voulais que quelqu'un me dise que tout pouvait s'expliquer. Je n'en pouvais plus de toutes ces idées impossibles qui tournaient dans ma tête sans jamais s'arrêter. J'avais peur. J'avais peur pour Émilie. Pire, j'avais peur d'Émilie. Et j'avais peur de perdre la boule, mais par-dessus tout, j'avais peur de perdre Émilie. Je ne pouvais pas parler à ma mère, elle était trop absente, trop fragile, trop proche. Mais je pouvais essayer avec mon père. Un regard un peu plus objectif. Il n'était plus avec nous depuis si longtemps. J'ai quand même considéré le téléphone pendant quinze minutes avant de me décider:

— P'pa? J'aimerais te parler de quelque chose. On peut se rencontrer?

Je ne voulais pas que ma voix trahisse ma peur, mais même dans son rôle de moitié de père, il a peut-être entendu quelque chose.

— Est-ce que ça va ? C'est au sujet d'Émilie ?

— Non, c'est, hum, c'est moi. Je… je voudrais t'en parler.

Nous nous sommes donné rendez-vous dans un café en fin de journée. Je cherchais une excuse pour quitter l'appartement sans qu'Émilie me demande où j'allais, mais c'était inutile ; elle ne m'a rien demandé pendant que je me préparais. Elle n'a même pas levé les yeux quand je suis sortie de la chambre. En franchissant la porte, j'ai crié que je reviendrais avant le souper, mais elle ne m'a rien répondu.

Papa était déjà installé à une petite table du café quand je suis arrivée. Je le voyais de la grande fenêtre, il avait le menton dans sa main et détaillait le plafond. C'est peut-être une histoire de famille, notre intérêt pour les plafonds. Il ne semblait pas inquiet, ni triste ni troublé. Son polo gris et son jean noir étaient à l'image de son regard décontracté : il allait bien. Tout était normal. Sa normalité m'a fait mal, elle m'a soufflée comme une gifle. Comment tout pouvait ainsi basculer dans mon monde sans que rien ne change dans le sien ? Comment pourrait-il comprendre ? À quoi avais-je pensé ? Il ne comprenait pas Émilie quand elle était fidèle à elle-même. Comment pourrait-il comprendre tout ce qui n'allait plus, tout ce qui me criait qu'Émilie n'était plus Émilie ? Qu'il fallait faire quelque chose ? J'ai pris une grande respiration et je suis entrée quand même. Il a souri et s'est levé en me voyant. Il m'a serrée dans ses bras et m'a fait une bise sur la tempe.

— Alors, comment va notre convalescente ?

— Elle ne dort pas très bien, mais ça va.

J'avais de la difficulté à ne pas laisser l'eau monter dans mes yeux. Des frissons me parcouraient de l'intérieur par vagues glacées. J'essayais de ne pas trembler. J'ai regardé le comptoir de service juste pour ne pas regarder mon père. Pour ne pas me dévoiler.

— Tu veux quelque chose ?

— Un chocolat chaud.

J'étais gelée. Nerveuse.

— Julie, il fait 38° dehors, tu ne veux pas quelque chose d'un peu plus rafraîchissant ?

— Non, un chocolat, ça me va. Tu vas bien prendre un café, non ? C'est pareil.

Il a haussé les épaules et est allé chercher les boissons. Je l'ai entendu rire avec le caissier. Un rire. C'était un bruit irritant. Il est revenu en souriant et a placé un bol de chocolat chaud devant moi. J'ai murmuré un merci.

— Alors, dis-moi, qu'est-ce qui se passe avec toi ?

Ignorant ce qui se passait avec moi, je ne savais pas quoi répondre.

— Rien, je vais bien.

— Tu voulais me parler de quelque chose, non ?

Je suis restée silencieuse.

— L'école ? C'est l'école ?

En plein mois de juillet, l'école ? Il y avait quelque chose comme une sorte de colère qui commençait à se construire dans mon ventre, dans ma tête.

— Non, papa, l'école n'est pas encore commencée. Ce sont les vacances.

— Je sais bien, je voulais dire, est-ce que tu t'inquiètes pour l'année qui vient ? C'est une grosse étape, le cégep, non ?

— C'est ma deuxième année.

— Et ta dernière aussi, non?

L'école était le dernier de mes soucis. Septembre était à des années-lumière de ma réalité. Je mijotais dans une atmosphère de film d'horreur, je me demandais si je perdais ma petite sœur, si je perdais ma raison. Je n'en avais rien à foutre, de l'école. J'ai essayé de ravaler ma colère.

— Non, papa, ça va pour l'école. Mais je suis inquiète pour Émilie.

Il a soupiré.

— Julie, les docteurs ont fait leur boulot, tu dois laisser le temps faire les choses. Émilie va se remettre. Tu te fais trop de soucis pour rien.

Pour rien. Je me faisais du souci pour rien. Ma petite sœur avait des terreurs nocturnes, elle se faisait posséder par quelque chose d'inexplicable qui arrivait seulement dans mes rêves et je me faisais du souci pour rien. Mais peut-être qu'il avait raison. Je ne me fiais pas trop à ma tête, je doutais de la logique de mes pensées, alors je me devais d'écouter un peu les siennes, c'était précisément pour cela que j'avais voulu lui parler. J'ai pris une toute petite gorgée de mon chocolat. Il était trop sucré, pas assez chaud. Mais il faisait redescendre la colère. J'ai pris une autre gorgée. J'ai pensé à Émilie perchée au bout de mon lit. Au grognement. Je n'ai plus senti de colère. Pendant un moment, je n'ai plus rien senti du tout.

— Tu crois que je m'inquiète pour des riens?

— Je crois que tu t'inquiètes toujours trop quand il s'agit de ta sœur. Quand vous étiez petites, il n'y avait pas moyen de te faire aller à l'école si Émilie était malade. Tu passais tes nuits à la veiller, malgré maman. Et tu ne t'endormais même pas… D'ailleurs, est-ce que tu dors ? Tu n'as pas très bonne mine…

J'ai levé le bol devant mon visage, je ne voulais pas qu'il m'observe trop longtemps. Ma voix s'est faite toute petite :

— Je fais des cauchemars, ça m'empêche de dormir… un peu.

— Tu sais, c'est Émilie qui est tombée, mais tu as vécu quelque chose de traumatisant toi aussi. Tu dois prendre soin de toi. Tu as reparlé à un psychologue depuis que tu es sortie de l'hôpital ?

— Un psychologue ? Je n'ai parlé à aucun psy à l'hôpital.

— Le Dr Martel, maman m'a dit que tu lui avais parlé.

J'avais parlé à un Dr Martel.

— Il m'a dit qu'il était docteur.

— Il est un peu des deux, j'imagine.

J'avais la vague impression de m'être fait avoir. Je n'avais pas envie de trop y penser.

— Il m'a dit que mes cauchemars, c'était normal. Il ne m'a pas dit après combien de temps cela devenait moins normal…

— Je crois que tu peux te donner encore un peu de temps, Julie.

Du temps. J'avais plutôt l'impression que le temps jouait contre moi, pas pour moi, parce que plus le temps passait, plus les choses empiraient. J'ai quand même essayé de lui faire comprendre. Je ne sais pas si c'était pour Émilie ou pour moi, ou peut-être pour lui et moi, mais j'ai essayé.

— Tu sais, en fin de soirée, quand je prends une collation et qu'Émilie vient toujours me rejoindre pour se faire la même chose que moi ?

— Oui, elle le faisait quand j'habitais encore avec vous.

— Cela a toujours été un de mes moments préférés de la journée. Et parce que nous étions fatiguées, c'était plus facile de rire. De tout et de rien.

Papa souriait.

— Elle le fait encore ?

— Elle le faisait encore. Elle ne le fait plus.

Il m'a regardée en fronçant les sourcils. Le temps d'une inspiration, j'ai pensé qu'il avait compris. Mais non.

— Cela va revenir, Em. Les choses vont se replacer.

Je ne savais pas quoi dire. J'avais presque envie de lui dire qu'il ne comprenait rien. Mais c'était inutile. Il me répondrait avec d'autres phrases toutes faites qui ne voulaient rien dire. Pour me rassurer.

— Et tu sais, ma grande, quand on ne dort pas assez, les choses nous semblent toujours pires qu'elles le sont. Repose-toi, cesse de t'inquiéter, dors. Tu vas voir, les choses vont s'arranger.

J'ai fait un semblant de sourire. Je lui ai fait accroire qu'il avait trouvé les mots justes, que j'allais dormir et que tout irait bien. Comme si.

— Ju ?

— Hum ?

— Tu crois qu'il y a une vie après la mort ?

J'ai eu un frisson. J'ai déposé le livre que je ne lisais pas vraiment. Émilie fixait quelque chose dans le vide entre la fenêtre et le plafond. Devant elle, sur un plateau, s'étalait son petit-déjeuner. Elle n'avait rien mangé.

— Tu veux dire comme un paradis ?

— Non, je sais que tu ne crois pas en Dieu. Je parle de quelque chose qui resterait des gens après leur décès. Quand on les enterre. Tu sais ? Comme leur énergie... ou leur âme. Ou quelque chose.

— Tu as vu quelque chose, Em ?

Elle a hésité. Elle a cherché ses mots. Je ne pouvais m'empêcher de revoir l'horrible image de mon cauchemar. Quelque chose sur Émilie. Quelque chose d'indéfinissable. Une ombre. Mais ce n'était pas vrai, c'était de la fatigue.

— Je ne suis pas certaine, Ju. Je pense que mon cerveau me joue des tours depuis un moment. Peut-être que j'ai trop lu de Stephen King, mais c'est sans doute les médicaments. Maman m'a dit qu'ils pouvaient avoir des effets secondaires. Ce doit être les effets secondaires, hein ?

Elle avait l'air si vulnérable. Elle avait besoin d'être rassurée. Je pouvais faire ça. Moi, la grande sœur, je pouvais la rassurer. Utiliser les phrases toutes faites du répertoire paternel. Au moins, je pouvais faire ça.

— Je crois que tu as raison. Les médicaments, comme le manque de sommeil, peuvent jouer sur tes perceptions.

— Je ne manque pas de sommeil. Je dors tout le temps.

— Tu te réveilles toutes les nuits, Em.

— Mais non. La nuit, je dors.

— Em, tu ne te rappelles pas ?

— La nuit, je dors.

— Em, tu ne te rappelles pas ?

J'ai vu la tension tendre ses muscles, sa mâchoire se crisper.

— Je te dis que la nuit, je dors. Je dors, c'est tout, je dors. Et tu dors aussi, donc tu ne peux pas voir si je dors. Et je dors. Je te dis que je dors ! Je rêve ! Alors, je dors !

Son ton montait. Elle me criait les derniers mots. Sur un registre que je connaissais bien : elle commençait une crise. Avec moi ! Elle me faisait une crise, à moi ! Ça m'a pris un moment avant de le réaliser.

— Émilie, ça va, tu dors, la nuit, tu dors. C'est bon. Tu dors. Je me suis trompée. J'ai fait une erreur. J'ai dû rêver aussi, rêver que tu ne dormais pas. Comme dans le cauchemar avec le brouillard.

Quand j'ai dit le mot brouillard, elle s'est arrêtée. Elle s'est dégonflée, sa colère s'est vidée. Elle m'a regardée, les yeux remplis d'eau. Elle a chuchoté :

— Je dors, la nuit. Ju, je dors. Je rêve. Ce que je vois, c'est dans mes rêves. Ce n'est pas vrai. C'est impossible. Ce n'est pas vrai…

Le dernier mot était inaudible, je l'ai lu sur ses lèvres. Et j'ai hoché la tête.

Le soir, puis la nuit. Par la fenêtre de ma chambre, je regardais l'absence de lumière dehors. Je sentais ma nervosité s'éparpiller dans tout mon corps. J'étais debout devant mon lit et j'essayais de me convaincre qu'il était temps de me coucher. Je n'y arrivais pas. Émilie dormait. Je n'avais jamais réalisé à quel point ma facilité à m'endormir était précieuse. Avant, je pouvais m'endormir en deux pensées et me réveiller au son du réveille-matin. Je n'y arrivais plus. J'ai dû faire un effort pour me glisser entre les draps. Même dans la chaleur de l'été, le coton était froid. Je n'ai pas fermé les yeux, je ne voulais pas dormir. Je guettais. Mais je me suis endormie.

J'étais encore dans le brouillard, c'était un brouillard normal, léger. Il y avait une odeur de terre humide. Je ne voyais pas bien, mes mains me faisaient mal. Ce n'était pas une douleur aiguë, mais ça faisait mal. Je n'arrivais pas à bouger les doigts. Je voulais fermer les poings, mais je ne pouvais pas. J'ai baissé les yeux pour voir ce qui m'en empêchait. Je ne distinguais plus mes mains, le brouillard étant devenu trop dense. Il y avait un bruit. Un chuchotement, mais pas de mots. J'avais mal. Je me sentais mal. Ce n'était pas une douleur physique, même s'il y en avait une, c'était autre chose. Un malaise qui était partout, qui venait de nulle part. Moins qu'une douleur, mais plus qu'un inconfort. Un malaise. Une partie de moi qui enregistrait que quelque chose n'allait pas, mais je n'arrivais pas à préciser quoi.

— Julie.

Une voix dans le brouillard. Une voix lointaine. Elle se mêlait au chuchotement. Elle devenait le chuchotement.

— Julie.

Je ne voulais pas entendre. Je voulais mettre mes mains sur mes oreilles pour ne pas entendre, mais je ne pouvais pas les bouger.

— Julie!

La voix était plus forte, plus près. Exigeante.

— Julie, s'il te plaît, réveille-toi.

Émilie.

J'ai ouvert les yeux. Émilie était assise sur le bord de mon lit, elle me tenait les mains, elle essayait de me réveiller. Elle pleurait. Des larmes tranquilles roulaient sur ses joues. Des larmes normales.

— Em? Qu'est-ce qui se passe?

— J'ai très mal à la tête.

Une enfant. Elle implorait comme une enfant. Ses yeux étaient rouges.

— Tu as pris des comprimés? Avec de l'eau?

— Je ne sais pas si je peux prendre des comprimés avec les médicaments.

Elle pleurait, les larmes roulaient sur ses joues, mais il n'y avait pas de sanglots.

— Il est où, dans ta tête, le mal?

Elle m'a regardé un instant, sans comprendre. Puis elle a placé sa main sur le côté de sa tête, là où il restait encore des escarres.

— Quand tu es tombée, tu as frappé ta tête, tu sais, juste là…

J'ai fait un mouvement près de sa tempe, mais je n'ai pas déposé mes doigts. Elle ne semblait pas comprendre, sa tête s'est penchée vers mes doigts, mais il n'y a pas eu de contact.

— C'est peut-être ce qui cause ton mal de tête, tu comprends ?

Et je pouvais faire quelque chose pour un mal de tête.

— Le doc a dit que tu pouvais prendre des Tylenol si tu avais mal.

Ses larmes diminuaient, elle ne pleurait presque plus.

— Retourne dans ton lit, je vais aller t'en chercher.

— Avec une compresse ?

— Avec une compresse.

Je me suis levée et je suis allée lui chercher des comprimés avec un verre d'eau. J'ai mouillé une débarbouillette avec de l'eau froide. Je suis revenue dans la chambre, Émilie a pris les comprimés. J'ai placé la débarbouillette sur son front. Ses yeux étaient fermés, ses lèvres crispées, mais elle ne pleurait plus.

— Ça va aller ?

Elle a fait oui avec la tête. Les cauchemars et les terreurs nocturnes ont cessé après cette nuit-là. Mais si je le pouvais, je reprendrais un peu de ces terreurs nocturnes plutôt que ce qui est venu après.

— Si tes côtes ne te font plus mal, Em. Seulement si elles ne te font plus mal.

L'été, un des grands plaisirs d'Émilie est de marcher jusqu'à la crémerie de la rue Bellechasse, pour commander une grande coupe glacée à la vanille avec de la sauce au chocolat et une cerise dessus, et aller la manger dans le parc où il y a un enclos pour chiens. Émilie adore regarder les chiens jouer ensemble. Je crois qu'elle les trouve plus conséquents dans leurs relations que les humains. Plus faciles à suivre, plus prévisibles. Cela faisait deux nuits sans incidents. Sans cauchemars. Il ne restait presque plus de cicatrices sur son visage. Elle avait cessé d'enlever les croûtes. Les choses semblaient enfin reprendre un semblant de normalité. Émilie avait enfilé une robe soleil verte, et comme nous étions jeudi, tout était parfait. Nous allions sortir de l'appartement. Il faisait beau. Il faisait chaud. Il y avait l'ombre d'un sourire sur les lèvres d'Émilie.

— Je sens mes côtes si je ris, si je tousse, si j'éternue. Si je cours aussi, j'imagine. Mais ça va quand je marche. Promis. Je ne vais pas courir.

Je ne pouvais pas dire non.

— OK, mais si tu as mal, promets-moi de me le dire, promets-moi de ne pas insister pour aller jusqu'au parc.

— C'est promis.

Nous sommes parties en laissant les restes du dîner sur la table de cuisine. J'aurais dû remarquer qu'il ne manquait pas une bouchée au repas d'Émilie. Je n'ai pas remarqué, j'étais de bonne humeur.

Nous avons marché jusqu'à la crémerie en bavardant. Ce n'était pas les conversations que nous avions avant, mais au moins Émilie était là, présente. Elle était Émilie. Juste un peu moins intense. Et elle ne faisait pas attention à la façon dont elle marchait. Je ne l'ai pas réalisé, là, sur le boulevard, mais elle ne comptait pas les carrés du trottoir. Elle n'a jamais porté attention aux lignes, elle n'a jamais eu de problème pour marcher dessus, mais elle comptait. Dans sa tête, elle comptait les carrés. Et je pouvais toujours voir le chiffre se former sur ses lèvres, le décompte apparaître sur ses doigts, même si elle essayait de ne pas le montrer. Mais pas ce jour-là. Elle ne comptait pas. Et ses mains restaient tranquilles. J'aurais dû le remarquer. Je me demande encore où j'étais, dans ma tête, pour ne pas le remarquer. Arrivées au comptoir, nous avons commandé le délice habituel. Il y avait des tables sur la terrasse de la crémerie pour ceux qui désiraient manger sur place. Émilie m'a demandé qu'on s'y asseye.

— Tes côtes te font souffrir ?

— Non.

— Em, tu es certaine ?

— Je n'ai pas mal.

Je n'ai pas insisté. Nous nous sommes installées à une table. Il y avait un film de sueur sur le front d'Émilie. Il faisait chaud, mais pas au point de suer. Elle était pâle. Elle semblait incommodée par la chaleur. Elle regardait sa coupe glacée sans la manger.

— Ça va ?

— Hum. Oui. J'ai faim. Et c'est mon dessert préféré. Déjà, quand j'étais toute petite...

— Je sais, Em.

Elle ne souriait pas. Elle tournait sa cuillère dans la crème glacée sans en manger. Même la cerise, qu'elle dévorait toujours en premier, flottait dans la glace qui commençait à fondre.

— Em ? Qu'est-ce qui se passe ?

Elle a levé les yeux. Son regard était confus. Je ne comprenais pas ce qui se passait. Je crois qu'elle ne le comprenait pas non plus. Je devais avoir l'air inquiet, car elle a porté une bouchée à ses lèvres. Elle l'a avalée. Elle semblait manger du sable. Elle a pris une deuxième cuillerée. Elle a eu une nausée, mais elle s'est forcée à avaler quand même. Pendant que je regardais son manège, ma crème glacée fondait devant moi. Ma sœur a froncé les sourcils.

— Tu ne manges pas, toi ?

— Em, qu'est-ce que tu fais ? Qu'est-ce qui se passe ?

— Tu devrais manger ! Je mange. C'est mon dessert préféré. Depuis toujours.

Sa voix était mécanique, comme si elle répétait un fait appris par cœur qui ne voulait plus rien dire. Comme si elle essayait de s'en convaincre. Elle a forcé la cuillère entre ses lèvres. Deux fois, trois fois, quatre fois. Rapidement. Elle avait les joues pleines de crème glacée. Les yeux pleins d'eau. Elle a avalé avec une grimace. Une larme a roulé sur sa joue. Puis elle a tourné la tête et a vomi sur la terrasse. Elle gémissait en vomissant, ses mains pressaient ses côtes. Je me suis précipitée. J'ai tenu ses cheveux pendant qu'elle régurgitait le reste de ce qu'elle s'était forcée à manger. Elle s'est essuyé la bouche avec une serviette de papier. Les larmes roulaient sur ses joues sans qu'elle en soit consciente.

— Vomir fait très mal.

Elle tenait ses côtes.

— Tu veux que j'aille chercher de l'eau ?

— Je veux retourner à la maison.

J'ai avisé le commis du dégât que nous laissions et j'ai rejoint Émilie sur le trottoir. Elle frissonnait. Elle n'arrivait pas à se redresser complètement. Elle a tenté de faire un pas. Elle s'est arrêtée, les yeux fermés. Une plainte silencieuse se glissait de ses lèvres entrouvertes. Sa pâleur était inquiétante. Je ne savais plus quoi faire. Je n'aurais pas dû la laisser marcher jusqu'à la crémerie. C'était trop tôt. J'ai regardé la distance entre nous et l'appartement. Je ne suis pas très grande, pas très forte, et Em est à peine plus petite que moi.

— Em, je vais passer un bras dans ton dos et sous tes genoux. Je vais te prendre dans mes bras. Je vais te porter jusqu'à la maison.

J'ai attendu sa réaction, pensant qu'elle refuserait. Elle n'a pas refusé. J'ai glissé un bras sous les siens, l'autre sous ses genoux, et je l'ai soulevée. Dans mes bras. Comme un bébé. Pour qu'elle puisse rester recroquevillée sur elle-même. Elle n'a pas ouvert les yeux, n'a pas réagi à mon contact. Elle a juste soupiré. J'ai porté ma petite sœur jusqu'à la maison, l'ai déposée dans son lit. Elle est restée roulée en boule. Elle ne m'a rien dit, je ne lui ai rien demandé. Le silence s'est installé comme un habitué, et il est resté.

Cela m'a pris un moment avant de réaliser qu'Émilie ne mangeait presque plus. Elle prenait son souper dans sa chambre depuis l'accident. Dans son lit. Sur un plateau. Maman la laissait faire. Émilie mangeait seule. C'est ce qu'elle voulait. Elle était fatiguée à la fin de la journée. Trop fatiguée pour faire la conversation. Trop fatiguée pour soutenir le regard inquiet de ma mère. Elle allait au petit coin quand elle avait terminé, puis se recouchait. J'entendais ses pas hésiter dans le corridor. Elle marchait avec prudence. Depuis la crémerie, elle marchait avec précaution. Elle ne passait plus ses soirées avec nous. Elle restait dans son lit et s'endormait tôt. Très tôt. Même pour une convalescente. Un soir, je me suis levée de table parce que ses pas s'étaient arrêtés à mi-chemin de notre chambre. Elle était dans le corridor, appuyée contre le mur, son assiette vide dans la main. Quand je lui ai demandé si ça allait, elle m'a dit qu'elle n'avait pas été capable de manger tout son repas et qu'elle avait jeté le reste dans la toilette.

— Je ne voulais pas inquiéter maman...

Je l'ai aidée à retourner dans son lit. J'ai rapporté le plateau dans la cuisine sans rien dire à maman. Je ne me suis pas demandé si Émilie faisait cela souvent, jeter les restes de son repas dans la toilette. Jusqu'à ce que quatre jours plus tard, je trouve des morceaux du poulet que nous avions mangé ce soir-là au fond de la cuvette. La chasse d'eau ne les avait pas tous emportés. J'ai tiré la chasse et regardé les restes du repas d'Émilie disparaître. Depuis quand ma sœur était-elle capable de quelque chose qui ressemblait étrangement à une duperie ? Mangeait-elle assez ? J'ai revu la scène de la crémerie. Mangeait-elle ? Je me suis souvenue de ne rien dire pour ne pas inquiéter maman. Faire comme si… Comme si tout allait bien.

Un après-midi, j'ai trouvé une pêche écrasée au pied du mur de notre chambre. Émilie lisait ; même si cela faisait un moment qu'elle n'avait pas tourné la page de son livre, elle lisait, ou semblait lire. C'était le genre de petits détails auxquels je ne voulais pas accorder d'importance. Ce n'est pas si difficile de dire à son cerveau d'ignorer ce qu'on ne veut pas voir. Je ne voulais pas que mon cerveau enregistre tout ce qu'Émilie ne faisait plus comme avant, je ne voulais pas de preuves que ma petite sœur, celle que je connaissais par cœur, n'existait peut-être plus. Alors je ne m'en rendais pas compte. Mais je n'ai pas pu retenir ma surprise devant cette pêche, au pied du mur de notre chambre. J'ai levé la tête, et il y avait une coulée de jus sur le mur. En haut de la coulée, il y avait une explosion de morceaux de pêche collés à la peinture beige.

— Qu'est-ce qui est arrivé ?

Émilie a levé les yeux. Ses lèvres se sont pincées.

— J'ai lancé la pêche.

— Pourquoi ?

— Je n'arrivais pas à la manger.

— Je ne comprends pas, tu as mal ? À une dent ? À la mâchoire ?

— Non. Rien ne fait mal. Je ne pouvais pas la manger parce que je ne voulais pas la manger. Même si je voulais.

Il m'est arrivé d'avoir des discussions qui tournent en rond avec Émilie; elle ne comprend pas toujours le sens figuré, et ce qui semble évident pour moi ne l'est pas pour elle. Il faut que je retourne sur mes mots pour savoir où il y a ambiguïté quand elle n'arrive pas à me le préciser. C'est une valse du discours que nous pratiquons depuis l'enfance. Il nous arrive encore de faire face à un mur, mais c'est rare. Là, devant la pêche, je ne trouvais pas, et elle ne voulait pas m'aider.

— Je ne comprends pas, Em.

— Je l'ai lancée sur le mur parce que je ne voulais pas la manger.

— OK, mais pourquoi la lancer? Pourquoi ne pas la laisser sur la table de chevet jusqu'à ce que tu aies envie de la manger?

— J'étais fâchée.

— Pourquoi?

— Je ne veux pas te le dire.

Je suis restée sans mot. Sans pensée. Vide. C'était la première fois qu'Émilie refusait de me dire ce qui se passait en elle. C'est venu comme une blessure physique, ça m'a fait mal aussi vite et aussi fort que le coup de marteau qui m'avait écrasé le doigt quand j'avais douze ans. Et avec la douleur est venue la colère. Comme avec le marteau, la colère de l'injustice. Je faisais tout ce qu'il fallait, je respectais le code, je prenais des précautions, je multipliais les efforts, et je me faisais mal quand même. Colère. Puissante colère. Je voulais hurler à ma petite sœur qu'elle pouvait ne plus rien me dire du tout, que j'en avais rien à foutre, qu'elle pouvait bien lancer toutes les pêches du monde sur le mur de notre chambre que je n'allais certainement pas les ramasser. Je voulais hurler, je voulais trouver quelque chose pour lui faire aussi mal qu'à moi, parce que ma colère le demandait. Mais je n'ai rien hurlé. Je n'ai rien dit. J'ai respiré plusieurs fois. Très profondément, très lentement. J'ai attendu que la colère s'atténue. Puis je suis allée chercher ce qu'il fallait pour ramasser la pêche et nettoyer le mur.

— Je ne veux plus que tu lances ta nourriture, ni sur le mur ni ailleurs. Si tu n'en veux pas, tu ne fais rien avec, tu la laisses là.

Ma voix était calme. Je lui aurais dit de me passer le sel à table que ma voix n'aurait pas été différente.

— OK.

Elle est aussi comme ça, Émilie. Quand je lui fais une demande sans m'énerver, elle m'écoute. J'étais rassurée de voir que c'était encore le cas.

Émilie lisait. Elle s'était remise à la lecture depuis trois jours. Je trouvais que c'était bon signe. L'école allait bientôt recommencer. Ses côtes ne la faisaient plus souffrir. Les marques de l'accident ne paraissaient presque plus sur son visage. Mais elle ne sortait pas, elle restait trop longtemps dans son lit. Elle dormait encore plus qu'une adolescente normale. Mais elle ne fixait plus le vide. Elle ne jetait plus rien contre les murs. Elle me disait manger un peu le soir. Elle lisait. Elle devait aller mieux. Quand je suis revenue de l'épicerie, c'est l'odeur qui m'est venue en premier. Une odeur âcre. Une odeur de nourriture avariée. Un bruit dans la cuisine. Émilie.

Je me suis précipitée à la cuisine. Je suis restée clouée sur place. Pétrifiée. Elle me tournait le dos. Elle était accroupie devant le frigo. Comme une bête. La porte était ouverte. Je pouvais y voir les lettres de l'alphabet aimantées qui nous servaient à laisser des messages, elles formaient une série de mots insensés. Il y avait des plats vidés sur le plancher, des restes des repas de la semaine, des œufs brisés, des légumes éparpillés. Le lait renversé formait un lac blanc autour d'elle. Et dans le lait, des vomissures. Émilie pleurait, grognait. Elle se forçait à manger et elle vomissait. Tout ce qui lui tombait sous la main : le fromage, la moutarde, la viande hachée crue. Elle était dans un état épouvantable. C'était une crise comme elle n'en avait jamais fait. Tout son corps était contracté. Ses mouvements étaient irréguliers, sans coordination. Et elle vomissait. Comme si cela allait de soi. Elle gémissait, elle s'empiffrait, elle avalait, elle vomissait. Et grognait. Les larmes roulaient sur ses joues. Son nez coulait. Elle poussait dans sa bouche la nourriture qui lui tombait sous la main. Mastiquait à peine, avalait, vomissait, recommençait. Et elle pleurait. Il n'y avait pas de sanglots, juste des larmes. Résignées. J'ai crié :

— Émilie !

Elle n'a pas réagi. J'ai retrouvé le contrôle de mon corps. Mes jambes. J'ai marché dans le lait. Je me suis agenouillée à ses côtés. Dans les vomissures, dans des restes de pâtes aux tomates. J'ai posé un doigt sur son épaule. Doucement.

— Émilie ?

Son estomac s'est contracté et elle a vomi du yogourt aux fraises. Avec des morceaux d'olives à peine mâchouillés.

— Émilie ?

J'ai pris le linge à vaisselle sur le comptoir et j'ai essuyé sa bouche, son nez. Elle n'a pas réagi. Elle a levé les yeux vers moi :

— Ju ?

Elle a eu une autre nausée.

— Ju, je ne suis plus capable de manger.

Les larmes roulaient sur ses joues. Les larmes roulaient sur mes joues.

— J'ai mal au ventre. J'ai mal au ventre parce que j'ai faim, j'ai mal au ventre parce que je vomis. Je ne peux plus rien manger.

— On va trouver une solution, Em.

— Il ne faut pas le dire à maman.

Elle était dans un état épouvantable. Elle était terrorisée. J'étais horrifiée.

— Je sais. On va trouver une solution sans le dire à maman. Promis.

J'ai pris sa main, je l'ai emmenée dans la salle de bains, lui ai fait couler la douche. Elle s'est déshabillée, est entrée dans la douche. Elle restait sous le jet d'eau sans bouger.

— Em ? Ça va ? Tu as besoin d'aide ?

Elle ne bougeait pas, elle ne me répondait pas, elle était ailleurs. Ses doigts grattaient le côté de son visage comme si les croûtes s'y trouvaient encore. Mais il n'y avait rien. Je suis entrée sous la douche avec elle, l'ai savonnée comme une enfant. J'ai lavé ses longs cheveux. Elle se laissait faire, elle ne m'aidait pas. Elle était ailleurs. Je l'ai séchée, je lui ai enfilé son pyjama et je l'ai menée à son lit. Je l'ai bordée. Comme si nous faisions cela tous les jours. Une danse étrange et familière au rythme d'un silence inhabituel. J'ai fait disparaître les dégâts dans la cuisine avant le retour de maman. J'ai nettoyé le plancher, rempli le frigo du mieux que je pouvais avec mes achats pour cacher la disparition de tout ce que je venais de jeter. Émilie dormait.

L'école débutait dans quelques jours. Pour moi, c'était la deuxième année au cégep de Maisonneuve ; pour Émilie, la quatrième secondaire. Elle n'allait pas à l'école régulière. Si ce n'était que de sa capacité à apprendre, elle pourrait fréquenter une école traditionnelle. Elle est très intelligente. Peut-être même trop. Mais ses crises étaient trop intenses pour l'école traditionnelle, c'était impossible. Il y a trop d'imprévus, et trop d'élèves. Cela augmentait de façon exponentielle les probabilités de comportement jugé non acceptable en société. Elle allait donc dans une école spécialisée. Une petite école privée. Pour les élèves aux besoins particuliers.

Maman m'avait demandé d'aller acheter ce dont Émilie aurait besoin pour la nouvelle année scolaire. J'ai demandé à ma sœur si elle voulait m'accompagner. Elle était dans sa chambre. Elle lisait dans son lit en pyjama. Bleu et blanc. Un mardi. Je n'arrivais pas à m'y habituer.

— Allez, Em, j'aimerais que tu viennes avec moi, ça va être sympa. Ça ne me dit rien d'y aller seule.

Ça ne me dérangeait pas du tout d'y aller seule. Je voulais la sortir de sa chambre. Elle était plus blanche que le blanc de ses draps. Si je lui avais dit de m'accompagner pour son bien, elle ne serait pas venue. Pour me faire plaisir, c'était plus plausible. Je la connais. Ou je la connaissais.

— Ça ne te dérange pas d'y aller seule, tu dis ça juste parce que tu veux que je quitte ma chambre, que je mette le nez dehors.

Ça m'a soufflée. Émilie n'était pas douée pour comprendre le sous-texte des interactions sociales. Il n'y avait jamais eu de deuxième degré dans l'univers de ma sœur. Les métaphores, les jeux de mots, l'interprétation, l'inconscient, le symbolique, c'étaient des niveaux qui n'existaient pas dans l'organisation cérébrale d'Émilie. Mais les choses semblaient changer. Je n'étais pas prête.

— Je préférerais que tu m'accompagnes. C'est tout.

C'était la vérité. Je préférais qu'elle m'accompagne plutôt que de la savoir dans son lit. Elle m'a regardée, le nez caché derrière son livre. Elle m'a observée comme quelqu'un qui cherche le vrai sous la parade de mots. Elle mettait ma parole en doute. La mienne ! Quelque chose s'est enroulé autour de mon cœur et s'est mis à le serrer. J'ai toussoté pour cacher mon malaise. Cela n'a pas empêché l'eau de venir dans mes yeux. Je me suis retournée pour lui cacher ma peine.

— Attends, je viens.

Elle s'est levée et a enfilé un jean. Avec un chandail rouge. Même si elle l'a pris sans regarder, peut-être sans intention, le serrement autour de mon cœur s'est relâché. Un peu.

Nous sommes sorties du côté de la ruelle. Émilie avait la liste de ce que nous devions acheter.

— Tu as hâte de recommencer l'école ?

Je trouvais désolant d'avoir recours à un sujet aussi banal et inintéressant. Je me sentais comme une vieille tante qui ne sait pas quoi dire. Je ne savais pas quoi dire. À ma propre sœur. J'étais à court de sujets de conversation. Je lui parlais de l'école. Parce qu'il y avait trop de choses dont je ne voulais pas parler. Dont je ne pouvais parler. Je parlais de l'école parce que le silence me pesait. Parce que son regard me pesait. Pathétique. Elle a levé un sourcil étonné. Elle a réfléchi un moment.

— Je me demande si je vais être capable.

Ce fut à mon tour de lever un sourcil stupéfait.

— Pourquoi ?

— Je ne sais pas si je vais avoir la force de tenir toute la journée.

Je l'ai regardée. Elle parlait de force physique. Je pensais à son moral. En pleine lumière, sous le soleil d'août, j'aurais dû voir ses joues creuses. J'aurais dû deviner que le pantalon cachait des cuisses amaigries. Je regardais ma sœur et je voyais ce qui n'était plus là ; je ne voyais pas encore ce qui l'avait remplacé.

— C'est juste que tu es trop habituée à rester dans ta chambre, dans ton lit. Tu vas voir, avec le retour de la routine, les choses vont se placer, tout va bien aller. Tu vas retrouver tes habitudes. Tes occupations. Comme avant.

Je ne sais pas si j'essayais de la convaincre ou de me convaincre. Elle a esquissé un sourire triste.

Nous avons fait les emplettes nécessaires. Émilie était distraite. Quand je lui demandais si elle voulait un cartable bleu pour ses travaux de mathématiques (elle voulait toujours un cartable bleu), elle me disait oui, mais sans m'expliquer que le bleu était important pour les mathématiques. Parce que le bleu allait avec la couleur de l'encre de son crayon préféré pour faire les calculs. Que le rouge était pour le français, parce que sa première enseignante de français avait les cheveux rouges. Que le vert était pour les sciences. La couleur de la nature, cela allait de soi. Et que le jaune était pour l'anglais parce qu'il ne restait que le jaune et l'anglais. C'était moi qui me retrouvais déstabilisée par le manque d'itération dans nos conversations. Elle, elle était ailleurs.

Sur le chemin du retour, dans la ruelle, madame Chiasson, notre voisine, m'a fait signe. Émilie a continué son chemin. Je suis allée voir madame Chiasson. Celle-ci m'a remis un sac.

— C'est pour vous, j'en ai trop, je vais le perdre.

Madame Chiasson était une dame à la retraite. Elle avait eu une grosse famille; cinq enfants maintenant dispersés sur tout le territoire québécois. Elle vivait seule, son mari était décédé depuis plusieurs années. Elle continuait à faire des achats pour une famille nombreuse. Une manie dont elle n'arrivait pas à se défaire. Même après vingt ans. Elle en donnait à ses enfants et à ses petits-enfants, mais ils ne passaient pas souvent la voir. Alors elle refilait ce qui pouvait être sauvé aux voisins qu'elle appréciait. J'ai regardé dans le sac. C'était du maïs. Du maïs. En épis. Dans un sac. J'ai eu envie de le jeter. L'odeur… Toute ma tête était envahie par les images du jour de l'accident. Le champ de maïs, la robe rouge d'Émilie, ses bras au-dessus de sa tête. Et la chute. L'odeur me donnait la nausée. Je ne pense pas être capable de remanger du maïs un jour. Madame Chiasson n'a pas perçu mon malaise. Elle regardait Émilie trotter vers chez nous. Nous ne voyions que le haut de sa tête dépasser de la clôture.

— Merci, madame Chiasson.

Ma voix manquait d'honnêteté, de normalité, de volume. Elle ne l'a pas remarqué.

— De rien, Julie.

Elle suivait toujours Émilie des yeux.

— La petite semble aller un peu mieux ?

Elle n'était plus petite, mais c'était encore la petite.

— Oui, elle va mieux.

J'ai senti le rouge de mes joues trahir mon deuxième mensonge.

— C'est ce que j'ai dit à ta mère. Une petite comme ça, ça se remet vite.

Je ne savais pas quoi répondre à cela.

— C'est toute une histoire, quand même, cet accident.

Je ne savais pas quoi répondre à cela non plus. Elle a continué :

— Ça arrive si vite, les accidents.

Je savais qu'elle parlait pour le plaisir de parler à quelqu'un, mais je me sentais incapable de lui donner des réponses, du temps, de l'énergie. Le peu qui me restait, j'en avais besoin, c'était pour Émilie.

— Je dois y aller, madame Chiasson.

Elle a tourné les yeux vers moi et m'a souri. Un vrai sourire. Cela m'a choquée : il n'y avait plus de vrai sourire dans mon univers.

— Allez, passe le bonjour à ta mère.

Je me suis dépêchée de quitter madame Chiasson. Dans la ruelle, j'ai vu Émilie accroupie devant la porte menant à la cour de notre logement. Elle observait quelque chose. Je me suis approchée. J'ai senti la chose avant de la voir. L'odeur de putréfaction, l'odeur de mort. Il y avait un oiseau mort sur le pavé. Il y était depuis un bon moment. De nombreux asticots se tortillaient dans ses entrailles. Cela donnait l'impression que l'oiseau bougeait. Qu'il respirait. Émilie n'a pas réagi à ma présence. Elle était trop absorbée. Je la regardais regarder. J'entendais des enfants crier un peu plus loin. Il ne ventait pas. Les voitures ne circulaient pas dans la ruelle. Le soleil me brûlait les épaules. L'asphalte était bouillant. Émilie a avancé la main, elle a pris un asticot entre ses doigts et l'a mangé. J'ai laissé tomber le sac de maïs. Le bruit lui a fait lever la tête. Elle mastiquait encore quand ses yeux ont rencontré les miens. Je l'ai vue déglutir. Je n'ai pas pu crier, je n'ai pas été capable de réagir. Elle s'est tournée vers l'oiseau mort, a pris un autre asticot, l'a mangé. Quand elle a avalé, j'ai enfin réagi. Je n'ai pas crié. Cela a pris tout le contrôle dont j'étais capable, mais je n'ai pas crié. Je me suis penchée à sa hauteur. L'odeur de la mort m'a monté à la tête.

— Émilie, ne mange pas ça.

Elle a levé les yeux. Ma voix était calme, mon regard était calme. Le calme du vide.

— J'ai faim.

Il y avait quelque chose d'imparable dans sa logique. Elle avait faim et elle mangeait. Cela posait-il un problème ?

— Je crois que cela peut te rendre malade.

Elle a soupiré, a regardé les asticots. Je me suis levée. Elle s'est levée. J'ai ouvert la clôture de la cour, elle m'a suivie. Les escaliers en colimaçon grinçaient pendant que nous montions chez nous. Dans la cuisine, Émilie a déposé le sac contenant nos achats sur la table. Elle a filé dans sa chambre. J'ai entendu le bruit que fait son lit quand elle s'assoit dessus. J'ai compté dans ma tête. Jusqu'à cent quatre-vingt-douze. Je n'ai pas crié, je n'ai pas hurlé, je n'ai pas pleuré. Je suis allée à la toilette. J'ai ouvert le robinet pour couvrir le bruit et j'ai vomi. Le sac de maïs est resté dans la ruelle. Près de l'oiseau mort. Près des asticots.

Elle regardait le plafond de notre chambre. Je regardais les draps oubliés sur la corde à linge visible de la fenêtre : de grands carrés blancs immobiles contre le noir du ciel. La fenêtre ouverte ne laissait entrer aucune brise. Maman dormait.

— Rien.

— Rien du tout ?

— Rien du tout.

— Depuis quand ?

Elle a bougé dans son lit, a replacé son oreiller, lissé sa couverture. Elle cherchait à gagner du temps. Elle cherchait une demi-vérité.

— Em, dis-moi…

— Je ne sais plus. Depuis quelques jours.

Les mots m'ont atteinte comme des coups de poing dans le ventre. J'ai dû reprendre mon souffle avant de parler.

— Comment est-ce possible ?

— Je bois de l'eau. Mon ventre fait mal, mais je n'ai pas envie de manger. Pas vraiment. J'ai faim, mais en même temps, je n'ai pas faim.

Mon ventre à moi me faisait mal. Pour elle. Pour moi. Une douleur bien réelle qui n'avait rien à voir avec la faim. Elle s'est redressée dans son lit.

— Je ne veux pas que tu le dises à maman.

Sa voix était ferme. Décidée. J'ai d'abord pensé qu'elle était gênée.

— Je ne veux pas en parler. À personne.

Puis j'ai reconnu sa peur. Dans sa voix. Elle avait peur. J'avais peur aussi. Peur de je ne sais pas quoi. Une peur diffuse. Imprécise. Mais trop réelle.

— Je ne dirai rien à maman, mais il faut trouver une solution. Tu ne peux pas rester sans manger plus longtemps. Tu ne peux pas. C'est dangereux.

Je n'ai pas été capable de lui dire qu'elle ne pouvait pas manger des asticots. Je crois qu'elle l'a quand même entendu.

— Je vais manger demain. Je vais me forcer. Je te le promets.

Je n'ai pas eu le courage de lui demander ce qu'elle comptait manger. Je n'ai pas pu. Je me trouvais d'une lâcheté épouvantable, mais c'était plus fort que moi, je n'ai pas pu.

— Je vais aller t'acheter des vitamines. Tu crois que tu peux avaler des vitamines ?

Il y a eu un long silence. J'ai pensé qu'elle s'était endormie.

— Oui. Des vitamines. C'est une bonne idée.

— Em, je ne veux pas que tu meures. Tu dois manger.

— Je sais. Je vais manger.

Je suis allée chercher deux verres d'eau. J'ai attendu qu'elle boive le sien au complet avant de retourner dans mon lit. J'ai pris deux gorgées de mon verre, puis l'ai posé sur la table de nuit. Je me suis couchée et je l'ai entendue soupirer. Puis sa respiration a ralenti, elle s'est endormie. J'ai fermé les yeux. J'ai vu des asticots. J'ai rouvert les yeux et je n'ai pas dormi cette nuit-là non plus.

Au matin, le ciel était gris. Il faisait sombre dans la cuisine. J'étais assise à la table pour déjeuner, mais je ne déjeunais pas. Le reste de café froid laissé par ma mère dégageait une odeur sucrée qui me donnait la nausée. J'avais la nausée. L'idée de me lever pour vider la tasse de café dans l'évier ne m'est pas venue. J'attendais qu'Émilie se réveille. J'attendais qu'elle vienne manger. J'attendais. Je n'essayais plus de comprendre. J'avais essayé de comprendre toute la nuit. En vain. Je ne comprenais pas, je ne comprenais rien. Je me sentais coincée. Ma respiration était difficile, comme dans ce cauchemar que je ne faisais plus. J'ai entendu marcher dans le corridor. Émilie est entrée dans la cuisine. J'étais dans un état épouvantable. Elle, dans son état habituel : échevelée, endormie. Elle s'est assise devant moi. J'avais ruminé toute la nuit. Comment lui demander ? Comment lui poser la question : pourquoi des asticots ? Toute la nuit à revoir ce moment où elle avait mis le ver entre ses lèvres. Où elle avait croqué ce corps vivant, gluant. Où elle l'avait laissé glisser dans sa gorge. Où elle l'avait avalé. Puis elle avait recommencé. Parce qu'elle a recommencé. Et pendant les minutes où cette série d'images défilait dans ma tête, les faits devenaient de moins en moins troublants. Je n'avais plus de réaction physique, mon estomac ne se soulevait plus et le cri dans ma tête s'était tu. J'étais capable de penser à Émilie derrière ce geste. Parce que je m'y habituais. Et le fait de m'habituer à cet état des choses me rendait malade. La question est sortie dans sa forme la plus simple :

— Pourquoi des asticots ?

Elle ne m'a pas regardée, elle fixait le dehors. La fenêtre de la cuisine, comme celle de notre chambre, donne sur la cour. Il avait plu une partie de la nuit et les draps oubliés sur la corde à linge dégoulinaient. J'ai pensé aux entrailles détrempées de l'oiseau mort. C'est à peine si mon estomac a réagi. Adaptation.

— Quand je les ai vus, j'ai eu trop faim pour ne pas les manger.

— Et tu as trouvé ça bon ?

Elle s'est retournée vers moi.

— Ce n'était pas bon, ce n'était rien. Mais c'était quelque chose dans ma bouche, enfin quelque chose dans mon estomac que je ne vomissais pas.

Je pouvais comprendre. Pas complètement. Mais un peu.

— OK, Em, mais je crois que c'est dangereux pour ta santé. Il ne faut pas recommencer. Pas avec les asticots.

— Je sais, je vais trouver autre chose.

Elle s'est levée, elle est retournée dans son lit. Elle n'avait pas mangé. Je n'ai rien dit. J'étais épuisée. De grosses gouttes de sueur dégoulinaient dans mon dos, mon pantalon de pyjama était trempé. J'avais l'impression d'avoir passé la nuit sur la corde à linge, sous la pluie, moi aussi. Je ne me suis pas demandé ce que c'était, « autre chose ». J'aurais dû, avant de sortir pour l'anniversaire de notre père. J'aurais dû.

Le soir, nous étions au restaurant pour souligner l'événement. Papa, sa conjointe Isabelle, Émilie et moi. Au restaurant. Un restaurant plutôt chic avec un décor de magazine. Un mélange de gris béton, de beige et de bois d'ébène. Les serveurs et les serveuses portaient une cravate. Les bouteilles de vin étaient hors de prix. Émilie portait une jolie robe verte, jeudi. C'est moi qui avais insisté pour la couleur. Elle avait choisi une robe rouge et cela aurait soulevé trop de questions. Je portais une blouse verte. Papa portait une fleur vert pâle à la boutonnière. Isabelle avait noué un léger foulard de soie verdâtre sur ses épaules. Avec toutes ces années de pratique, c'était devenu un automatisme pour nous. Une obligation pour Émilie, mais une habitude pour nous, qui continuions même sans Émilie. Elle me jetait des regards inquiets : le menu proposait de nombreux choix. Je voyais ses yeux courir sur les pages avec effroi. Elle a commandé un tartare de saumon. Elle avait peur. Lorsqu'elle a passé sa commande, sa voix était si rauque que j'ai parlé en même temps qu'elle pour la couvrir. J'ai commandé son tartare. Papa a souri :

— Tu sais, elle n'a plus six ans, ta petite sœur.

Il m'a fait un clin d'œil.

— On voit bien que je n'ai plus six ans, papa.

Émilie qui soulignait l'évidence. C'était presque comme d'habitude.

— On voit que tu es une magnifique jeune fille, Émilie.

Isabelle essayait toujours d'être gentille avec ma sœur, même si elle ne savait pas comment s'y prendre. Émilie n'a pas répondu, ce qui était aussi dans l'ordre des choses. Quand Isabelle a commandé une assiette de boudin noir, Émilie a annoncé que le boudin, c'était du sang de cochon.

— Comme dans *Carrie*, quand elle reçoit une chaudière de sang de cochon sur la tête, sur sa belle robe, et que tout devient rouge.

Isabelle m'a regardée, attendant que j'explique les paroles d'Émilie, comme si j'étais son interprète pour traduire de l'Émilie dans un langage qu'elle comprenait.

— C'est une histoire de son auteur préféré.

Isabelle a souri, un sourire qui ne comprenait pas, mais qui acceptait de ne pas comprendre.

Quand le repas est arrivé, Émilie a pris une première bouchée. Je la voyais mastiquer et mastiquer et mastiquer sans jamais avaler. C'était une torture de voir sa détresse. Elle était assise à ma droite. Sous la table, j'ai déplié ma serviette sur mes genoux et je lui ai fait comprendre de mettre sa bouchée dedans. À un moment où papa et Isabelle ne regardaient pas, Émilie a recraché la bouchée dans sa serviette. Dès que je pouvais, je détournais l'attention vers moi pour lui permettre de se vider la bouche. Après un moment, elle s'est levée pour aller jeter la serviette aux toilettes. Je n'arrivais pas à croire que mon père et Isabelle étaient dupes de la mise en scène qui se déroulait à notre table. Moi, j'étais épouvantable : je souriais trop, riais trop, parlais trop. Ils n'ont rien remarqué. Papa répétait régulièrement qu'il trouvait Émilie en pleine forme. En faisant attention de ne pas faire référence à l'accident. Émilie lui souriait poliment. Papa n'a même pas réalisé à quel point ce sourire clochait : avant, Émilie ne souriait jamais par convention sociale. Avant, elle ne souriait que si elle s'amusait. À ce repas d'anniversaire, elle ne s'amusait pas, elle agonisait. Et son sourire n'atteignait pas ses yeux, c'était un sourire de façade, un sourire de circonstance. Un sourire qui n'existait pas dans le répertoire des sourires de ma sœur. Pourtant, il était là, sur ses lèvres. Et personne ne le mentionnait. Tout le monde souriait. Mes joues me faisaient souffrir tellement mon sourire était figé. Le repas terminé, la serveuse a desservi les couverts. J'ai vu Émilie relaxer. Un peu. Mon père s'est penché vers moi.

— Julie, tu vas bien ? Tu n'as presque rien mangé.

Mon assiette retournait dans la cuisine, presque pleine. Je n'avais pas réalisé qu'à trop couvrir ma petite sœur qui ne mangeait pas, j'avais oublié de manger. Un vrai sourire de complicité est apparu sur les lèvres d'Émilie. Presque un rire. Pendant que l'attention des adultes était sur moi, elle m'a même fait une grimace. J'ai ri. Un vrai rire. J'ai rassuré mon père en lui disant que j'avais dîné un peu tard. Et que j'allais me reprendre avec le dessert. Émilie n'a pas pris de dessert, prétendant avoir trop mangé de tartare.

Émilie dormait. J'étais dans mon lit, mais je ne dormais pas. Le réveille-matin allait sonner dans plus de deux heures et je n'arrivais pas à me rendormir. L'école commençait et j'avais ce sentiment d'une catastrophe imminente qui m'écrasait. J'essayais de me convaincre que tout allait bien. Émilie prenait ses vitamines. Je lui avais également acheté un supplément nutritionnel complet sous forme liquide et je l'avais vue en boire une portion. Elle ne mangeait pas de nourriture solide, mais c'était un début. Depuis l'anniversaire de papa, elle mangeait à la table avec maman et moi. Elle recrachait tout dans sa serviette. Elle était super-habile. Maman ne voyait rien et semblait moins inquiète aussi.

Moi, j'étais inquiète. Non. J'étais terrorisée. L'école recommençait dans quelques heures.

Dans la voiture, elle ne fredonnait pas. Elle ne fredonnait plus comme avant. Nous avons fait le chemin vers l'école en silence.

— Ça va aller, Em?

Elle avait un regard fuyant, un faux demi-sourire, des mains tranquilles calées au fond de ses poches. L'image de quelqu'un qui cache quelque chose. Je ne m'habituais pas. Cette nouvelle Émilie, je n'arrivais pas à m'y habituer.

— Ça va aller, Ju.

Je l'ai regardée marcher vers le portail de l'école. Une jeune fille parmi d'autres. Mais ce n'était pas qu'une jeune fille parmi d'autres, c'était ma petite sœur. C'était tout mon monde dans ce corps trop mince, sous cette tignasse emmêlée. Elle s'est penchée et a ramassé quelque chose dans la pelouse qui bordait l'allée menant aux marches du perron. Un ver! Elle l'a glissé dans sa poche. Un en-cas… Mon monde devenait fou, mon monde s'écroulait.

Entomophagie: des humains qui mangent des insectes. Rien de bien alarmant. Certaines cultures mangent les criquets cuits comme du pop-corn. C'est plein de protéines. C'est une question de perception, une question d'habitude. Mais ce n'était pas tout à fait ça. J'essayais si fort de me convaincre. Mon cours est passé sans que je le réalise. La classe s'est vidée, je me suis levée la dernière sous l'œil interrogateur du professeur. Je n'ai rien dit. J'ai filé comme si j'avais quelque chose à cacher. Ou quelqu'un.

Le repas du soir a été silencieux. Maman nous a demandé comment s'était passée notre première journée de classe. Émilie a marmonné un « bien ». J'ai aussi marmonné un « bien », je n'avais pas la force de faire davantage. Je n'en pouvais plus de ce qui tournait en boucle dans ma tête. Je voulais que ma petite sœur d'avant me revienne. Je voulais ne pas avoir à me demander s'il est dangereux pour la santé de manger des vers de terre. Je voulais le retour du quotidien, et même voir Émilie faire une crise. Elle n'avait pas fait de crise depuis l'accident. Un petit début, mort dans l'œuf, puis rien. Plus rien. Absence de réaction. Elle était si retirée que ma mère ne la voyait même plus. Il faisait chaud. Le silence était presque surnaturel. Aucun bruit ne venait de la fenêtre ouverte. Aucune brise ne venait de la fenêtre ouverte. Ma mère observait son verre de vin. Elle mangeait comme un automate. Émilie regardait dehors. Elle n'a même pas fait semblant de manger. Elle a vidé son assiette à la poubelle. Du pâté chinois. Elle adorait le pâté chinois. Avant. Ma mère n'a rien remarqué. Émilie est retournée dans sa chambre. Dans son lit. Je fixais des yeux le maïs en grains éparpillé entre les restes de viande hachée. Je ne l'avais pas mangé.

— Maman ?

Ma voix semblait lutter pour couvrir le bruit du silence. Ma mère n'a pas levé les yeux vers moi. J'étais si épuisée que je n'avais même pas la force d'être mal à l'aise. Audace de dernier recours.

— Maman ? Qu'est-ce qui est vraiment arrivé à ma sœur ?

J'ai vu le bouleversement monter en vague dans le corps fragile de ma mère. Elle a pris une grande respiration. Elle n'a pas levé les yeux. Elle regardait son verre de vin.

— Il faut lui donner du temps, tu sais qu'elle ne fait pas les choses comme tout le monde.

— Ce n'est pas ce que j'ai demandé.

Elle a enfin levé les yeux. Des yeux épuisés. Meurtris. Mes yeux.

— Elle est tombée très profond. Les secours ont eu de la difficulté à la rejoindre. Elle est restée longtemps dans le trou. Trente-huit heures. Sans savoir si cela allait se terminer. Sans entendre nos voix. Elle était trop creux, trop loin. Les docteurs ont dit qu'elle ne se souvenait de rien. Elle était probablement inconsciente.

— Mais elle était consciente.

— Je crois que oui.

Maman souffrait plus que ce qu'elle était capable de supporter. L'idée de sa cadette dans le fond d'un trou, dans le noir qu'elle craint plus que tout, sans aucun repère, qui fait une crise, sans personne pour l'aider, qui refait une crise parce que la première n'a rien changé à l'état des choses. C'était insoutenable, l'idée du supplice d'Émilie. Parce qu'elle ne peut pas s'adapter. Parce qu'il y a en elle quelque chose de différent, qui fait qu'elle ne peut pas s'adapter. Même pas un petit peu. Elle résiste avec tout ce qu'elle a. Les crises monumentales, extraordinaires, qui prennent tout son corps, toute sa conscience, tout son esprit, c'est tout ce qu'elle a. C'est toute sa résistance. Mais cela n'a rien changé quand elle s'est retrouvée coincée dans le fond d'un trou dans la terre. La douleur qui imprégnait les yeux de ma mère était intolérable. C'était un poids impossible à porter. Elle suffoquait. Faire quelque chose. Vite.

— Tu sais, il y a un garçon plutôt mignon dans mon cours de philo.

Elle a cligné des yeux. Une fois. Deux fois. Comme si je la sortais d'un cauchemar. Ma mère adore parler des garçons, ce qu'elle n'a jamais l'occasion de faire avec Émilie et moi. Je n'avais pas remarqué de garçon dans mon cours de philo, mais il existait peut-être sans que j'y aie porté attention. Ce n'était donc pas tout à fait un mensonge.

— Vrai ? Il est comment ? Tu lui as parlé ?

Ma mère ! De nouveau presque légère, comme un pétale de fleur. Elle n'était pas faite pour avoir des filles aussi oppressantes que nous.

J'ai sursauté. Madame Prévost, l'enseignante d'Émilie, cognait à la fenêtre de la voiture. Je regardais Émilie marcher vers le portail de l'école. J'attendais de voir si elle allait ramasser quelque chose. Elle ne s'est pas penchée. J'ai baissé la vitre :

— Bonjour, Julie, est-ce que vous auriez le temps d'entrer quelques minutes ? J'aimerais discuter.

Cela faisait un moment que l'école s'adressait à moi comme si j'étais la maman. C'était plus simple comme ça. J'ai éteint le moteur et j'ai suivi l'enseignante. Cela n'annonçait rien de bon. Dans son petit bureau, elle a d'abord cherché ses mots. Malaise.

— Bon, alors voilà, je ne sais pas trop comment aborder la situation, mais hier après-midi Émilie a, heu, elle a, comment dire... Elle a, hum, elle a mordu M. Bill, le petit rat de la classe de madame Boisclair. Vous savez que nous réglons habituellement ce genre d'incident sans impliquer les par... la famille, mais votre sœur n'a pas voulu expliquer son geste. Elle a prétendu qu'elle avait faim.

Elle s'est arrêtée. J'ignorais que l'on pouvait se sentir pâlir. Le sang s'est retiré de mon visage, je l'ai senti. Mes mains, posées sur mes genoux, ont blanchi. Je l'ai senti. Blanches. Gelées.

— Elle a dit quoi?

Ma voix était vide. Le regard de madame Prévost était inquiet.

— Elle a dit qu'elle avait faim. Je sais bien qu'elle a inventé une histoire pour couvrir la vérité, mais Émilie n'a pas l'habitude de mentir. Je ne sais pas pourquoi elle a fait ce qu'elle a fait, mais je voulais vous en parler.

J'ai posé ma main contre mes lèvres. Empêcher la nausée. C'était une main froide, la main d'une étrangère.

— Elle l'a mangé?

L'enseignante ne m'a pas entendu. Ce n'était pas des mots, plutôt un râle.

— Quand elle a pris le rat dans sa cage, il ne s'est pas laissé faire. Il a filé. Nous ne l'avons pas encore retrouvé. Je sais que vous pouvez parler à votre sœur mieux que quiconque, c'est pourquoi je n'ai pas téléphoné hier soir, je savais que je pourrais vous en parler ce matin. C'est la première fois que nous avons ce genre de problème avec Émilie, et je ne voudrais pas en faire toute une histoire pour rien... Elle a vécu un grand traumatisme avec l'accident, et cela se voit dans son comportement. Elle est plus retirée. C'est normal. Mais voilà, le mensonge m'inquiète… je ne voudrais pas que cela se reproduise.

Je ne devais pas avoir bonne mine. L'enseignante s'est penchée vers moi.

— Julie ?

— Ça va. Je vais lui parler.

Madame Prévost s'est levée pour me signifier mon congé. Mes jambes ne me soutenaient pas très bien ; j'ai eu un vertige, je me suis appuyée sur le bureau. L'enseignante me tournait le dos, elle n'a rien remarqué. Je me suis retrouvée au volant de ma voiture, mais je ne me souvenais pas m'y être rendue. Émilie avait essayé de manger un rat. Un rat vivant. Qui s'appelle M. Bill. J'ai appuyé ma tête contre le volant. Je ne me sentais pas en état de conduire, je ne me sentais pas bien du tout.

Le soir, je suis allée rejoindre Émilie dans notre chambre.

— Madame Prévost pense que tu lui as menti.

Émilie a levé les yeux de son livre. Elle relisait *Insomnie* de Stephen King.

— Je n'ai pas menti.

J'aurais voulu qu'elle me dise le contraire. J'aurais voulu qu'elle me dise qu'elle s'était payé la tête de madame Prévost. J'aurais voulu.

— Tu as essayé de manger M. Bill.

Elle a hoché la tête.

— Je ne comprends pas, Em.

J'essayais de garder mon calme. De garder ma voix calme, neutre. Il ne fallait pas qu'elle entende le hurlement dans ma tête. Le hurlement qui ne voulait pas se taire, qui hurlait plus fort que ma raison. Je voyais qu'elle était embarrassée, confuse. Elle regardait juste derrière moi, comme elle le faisait toujours avec les étrangers. C'est ce qu'elle faisait. Là. Avec moi. Comme une étrangère. Et cela faisait mal. Le hurlement. Émilie différente. Je voulais que cela cesse.

— Émilie, tu sais que je suis là pour toi, tu sais que tu peux tout me dire. Explique-moi, je vais comprendre.

Elle s'est mordu la lèvre. J'ai vu ses yeux revenir aux miens puis repartir dans le vide derrière moi. Un bref contact, mais un contact.

— Je ne sais pas si je peux l'expliquer.

— Est-ce que tu veux essayer ?

Elle était assise dans son lit, le dos contre le mur. Elle a pris une respiration, elle a déposé son livre sur la table de chevet. Elle a replié ses jambes et les a ramenées contre elle. Elle a placé ses mains sur ses genoux, elle a fermé les yeux :

— Je regardais M. Bill courir dans sa cage. Il courait dans sa petite roue. Je ne sais pas pourquoi, mais en le regardant, j'ai eu faim. Très faim. Mon ventre s'est mis à gargouiller si fort que ça m'a fait mal. Puis c'est comme si j'étais disparue de ma propre tête. Il n'y avait plus ma voix, je n'entendais plus ma voix dans ma tête, c'était le silence total. Il y avait juste mon corps qui voulait manger, mon estomac qui voulait manger, ma bouche qui était pleine de salive. Ce n'était pas compliqué, j'avais faim, et M. Bill était là. Je l'ai attrapé et j'ai essayé d'en prendre une bouchée. Je crois que je l'ai serré trop fort. Je voulais tellement l'avaler. C'était plus fort que moi. Il s'est tortillé et m'a échappé. Il a filé.

Elle a ouvert les yeux mais ne m'a pas regardé.

— Tu l'aurais mangé, cru, comme ça, avec le poil, s'il ne s'était pas enfui ?

Elle a réfléchi un moment :

— Je n'avais pas pensé à la fourrure.

— Est-ce que tu réalises…

— J'avais faim. C'est tout.

Le silence s'est étiré. Comme de la glu dont on ne peut plus se débarrasser. J'ai cherché des mots. J'ai fini par dire les seuls que j'ai été capable de trouver :

— Des fois, Em, tu me donnes l'impression de ne plus être toi.

Elle a enfin soutenu mon regard. Il y avait une sorte de reconnaissance dans son expression. Comme si elle me disait merci d'oser nommer l'évidence. Elle a chuchoté :

— Des fois, j'ai l'impression que quelqu'un d'autre habite dans mon cerveau.

— Depuis l'accident, Em ?

— Non, après.

L'image du rêve m'est revenue.

— Depuis le cauchemar alors ?

— Je ne fais plus le cauchemar.

Son regard s'est perdu dans l'espace vide entre ma tête et le plafond.

— Mais cette impression, Em, tu l'as depuis le cauchemar ?

Il y a eu un autre long moment de silence. J'ai fait un effort pour ne pas le briser. J'étais anxieuse. Non, c'était autre chose que de l'anxiété, un refus de tous les possibles. C'était mon cerveau qui ne voulait aucune des réponses qu'Émilie pouvait me donner, qui ne voulait plus rien, qui ne pouvait plus rien. Saturation. Ses mots sont venus comme une plume effleurer mon impuissance.

— Je ne sais pas, Ju, je ne sais plus. J'ai l'impression que quelqu'un est venu avec de grands ciseaux rouillés couper en petits morceaux ce qui fait que je suis moi. Comme dans *Insomnie*, Ju. Comme dans *Insomnie* quand Atropos pique l'âme des gens. Est-ce que c'est ce qui m'arrive ?

J'ai pris toute ma peur, toute ma fatigue, tout mon désarroi, j'ai tout poussé dans un recoin de mon esprit où je ne fais jamais le ménage et j'ai pris la main d'Émilie dans les miennes. Elle ne l'a pas retirée. Elle a quitté l'espace vide au-dessus de ma tête. Elle a regardé nos mains. Elle m'a regardée dans les yeux.

— Tu sais que les histoires de Stephen King ne sont que ça, des histoires. Je ne t'abandonne pas, Em, je vais chercher une solution. Je vais comprendre ce qui t'arrive et je vais trouver une solution. Mais ne mange pas de rat d'ici là. Tu me le promets ?

— Oui.

— OK. On va trouver.

Je m'apprêtais à me lever quand elle m'a retenue.

— Tu ne dis rien à maman, hein ?

— Je te l'ai promis, Em.

Elle mâchouillait sa lèvre inférieure, l'inquiétude restait.

— Je ne brise jamais mes promesses, tu le sais.

— Oui.

— Alors ça va aller.

Elle m'a regardée. Elle a toujours eu confiance en moi. Je ne savais pas quoi faire de plus que de lui parler pour la rassurer, je ne connaissais pas d'autre moyen.

— Qu'est-ce qu'il y a, Em ?

Elle regardait autour d'elle comme si quelqu'un d'autre que moi pouvait l'entendre. Elle s'est levée et est allée fermer la porte même si nous étions seules à la maison.

— Em ?

Elle est venue près de moi, elle s'est penchée à mon oreille et m'a chuchoté :

— Je ne veux pas aller à l'hôpital psychiatrique.

J'ai failli crier. J'ai dû serrer fort les lèvres avant de laisser ma voix prendre forme dans ma gorge, puis j'ai parlé avec toute la douceur que je pouvais.

— Ça n'arrivera pas, Em. Jamais.

Elle m'a offert l'ombre d'un sourire.

J'observe le plafond de ma chambre, je cherche une solution. Émilie vient de me dire qu'elle a voulu croquer Élisabeth. Je n'ai pas de solution. J'ai peur par contre, de la peur à revendre. Celle qui fait des trouées acides dans l'estomac et qui laisse les muscles mous. J'ai peur de ce qui peut arriver, j'ai surtout peur pour elle. Je la regarde. Le contour de son corps sous les draps. Je me demande pourquoi, comment, pourquoi, plein de pourquoi, et j'essaie de reconstruire l'histoire, d'en tirer quelque chose… Je n'arrive pas à organiser mes idées, à faire fonctionner mon esprit pour comprendre ce qui arrive à Émilie. C'est comme essayer de faire entrer un objet carré dans un contenant rond. Ça semble impossible, ça défie les lois de la physique, les lois de ma logique. Et j'ai peur de tout ce que mon cerveau refuse d'envisager. Peur de ne pas pouvoir aider ma petite sœur. Peur de la laisser tomber, de ne jamais la retrouver. Peur de son envie de manger des vers, de manger des rats, et maintenant, cette fille dans sa classe, les doigts de cette Élisabeth. Peur. Dans le noir de notre chambre, je l'entends se retourner dans son lit.

— Ju?

Je voudrais lui dire qu'elle devrait dormir et oublier son envie de manger sa copine de classe. Mais les mots ne veulent pas prendre forme dans ma bouche. Cet effort me demanderait une énergie que je n'ai plus.

— Tu devrais dormir.

C'est tout ce que j'arrive à dire.

— J'ai faim. J'ai trop faim pour dormir, mon ventre me fait mal.

L'inquiétude mêlée à l'horreur. Non, plus que de l'horreur.

— Tu as bu le truc de protéines ce soir?

Elle ne me répond pas.

— Em?

Le silence, silence porteur de ce que je n'arriverai pas à comprendre. Encore.

— Je n'ai pas été capable.

Par-dessus la peur, par-dessus l'inquiétude, par-dessus la fatigue, par-dessus l'incompréhension, par-dessus tout ça, du fait de tout ça, vient la colère. Une décharge émotive comme un spasme électrique. Ça me prend tout le corps, toute la tête, je veux hurler. Là. Tout de suite. À pleins poumons. Je veux tout briser, qu'il ne reste autour de moi que des miettes, à l'image de ce qui reste en moi. Je respire fort. Une fois. Deux fois.

— Ju, ne te mets pas en pétard. Je ne fais pas exprès. J'ai essayé. Je n'ai pas pu.

Je prends une dernière grande respiration. Je gonfle mes poumons, mon ventre, jusqu'à ce qu'il n'y ait plus de place pour une seule molécule d'air de plus dans mon corps. Je retiens mon souffle, j'ai l'impression d'être sur le point d'exploser. Puis je relâche tout. Ça fait un petit sifflement inoffensif, à peine audible. Je prends le temps de composer ma voix. Trouver une apparence de contrôle. Pour elle.

— Je ne te comprends pas, je ne comprends pas comment tu ne peux pas te forcer à boire un simple liquide.

Je ne comprends pas comment tu peux avoir envie de croquer ton amie Élisabeth. Je ne comprends pas. Mais je vais comprendre. Je vais trouver une façon. Pour le moment, reste dans ton lit, je vais aller te chercher un verre d'eau.

Le matin, quand il fait soleil, la cuisine pétille de lumière. Le bruit du frigo qui grogne m'empêche d'entendre le vent dans les feuilles de l'arbre du voisin. Émilie se lève, ses pas font gémir les lattes du plancher du corridor. Elle s'installe à la table. Devant moi, il y a la tasse avec le reste du café de maman, rien d'autre. Elle fronce les sourcils et me demande :

— Tu ne manges pas ?

— Je ne mange pas.

— Tu fais comme moi ?

— Oui, je veux voir si je peux comprendre en faisant comme toi.

Elle ferme les yeux. Ses mains, toujours silencieuses, reposent sur le bord de la table. Je ne m'y habitue pas.

— Tu vas avoir très mal au ventre, Ju. Tu n'as pas besoin de faire ça.

Son visage est tendu.

— Je vais manger. Quand je vais avoir assez faim, je vais manger comme toi.

— Des vers ?

— Je vais essayer. Pas de rat. Pas d'Élisabeth non plus. Même chose pour toi. Mais il faut boire le lait de protéines, même si tu n'en as pas envie. OK ?

Elle observe le vide au-dessus de ma tête. Elle fait oui et va dans l'armoire à balai où je cache le lait.

— Il n'y en a plus.

— Si. C'est en poudre maintenant. Tu le mélanges dans le lait. Ou dans l'eau.

Elle me regarde sans comprendre.

— La boîte ronde, blanche, avec le couvercle vert.

Elle finit par prendre la boîte et la dépose sur la table.

— Je prends deux verres ?

— Oui. Avec des cuillères.

Elle sort le lait aussi et dépose le tout sur la table. Elle me tend mon verre. Je mets la poudre dans mon lait, brasse et bois rapidement ma dose, mon ventre grogne depuis un moment déjà.

— À toi maintenant.

Elle regarde son verre comme si je lui demandais d'avaler sa mort. Elle ajoute la poudre et agite le contenu. Elle observe le petit vortex qui se forme dans le milieu du verre, ferme les yeux, puis boit deux gorgées.

— Ça va ?

Elle fait un signe affirmatif.

— Essaie de tout boire maintenant.

Elle regarde son verre, grimace, secoue la tête.

— Je ne peux pas, Ju. Je suis peut-être maudite, comme Bill Halleck dans *La peau sur les os*, mais je n'ai rien fait pour mériter ça.

— Laisse faire Stephen King, Em. Essaie encore, en fermant les yeux.

Elle ferme les yeux et ingurgite deux autres gorgées. Quand son regard se pose sur le verre presque vide, son estomac se contracte et un haut-le-cœur fait remonter le liquide dans sa bouche. Elle tente de le retenir en écrasant ses mains contre ses lèvres, mais le lait glisse entre ses doigts, sur son chandail, sur la table. Ses yeux se remplissent de larmes. Je serre les dents très fort. Je refuse toutes les protestations qui essaient de se former dans ma tête, qui tentent de prendre le contrôle. Moi, c'est la peur qui veut remonter de mon ventre. Je force le silence intérieur. J'y arrive presque.

— Ça va, Em, c'est bon, on trouvera autre chose en chemin. Va t'habiller, je t'attends.

Elle file dans sa chambre. Je prends un linge pour essuyer le lait sur la table. Je l'entends farfouiller dans ses tiroirs. Le premier, le tiroir des sous-vêtements, qui coince un peu ; puis le tiroir du bas qui claque quand elle le referme. La porte du garde-robe pour une robe. Une rouge, elle va choisir une rouge, il faut qu'elle prenne une rouge, nous sommes mardi. Ses souliers sont près de son lit que j'entends grincer lorsqu'elle s'y assoit pour les enfiler. Son sac à côté de la porte. Ses pas dans le corridor. Elle est devant moi. Elle ne sourit pas, mais son visage est détendu. Elle porte une robe rouge.

Dans mon dernier cours de la journée, mon cours de français, le prof parle de poésie et je n'écoute pas. Je ne crois pas que quelqu'un pourrait se permettre de me le reprocher. Ma petite sœur veut manger des gens, et des bulles d'air acides remuent des bouillons de vide contre les parois de mon estomac. Ça fait mal. C'est déconcentrant. Je n'arrive pas à penser à autre chose qu'à la nourriture que je me suis interdite. Presque vingt-quatre heures sans solide, plus de huit sans liquide. C'est plus fort que moi, mon cerveau ne veut plus m'obéir. J'écoute M. Legault parler des *Fleurs du mal*, et je me dis que certaines fleurs se mangent. Et j'ai envie de manger des fleurs. Je regarde l'étudiant à ma droite, ses cheveux sont blonds. Comme les blés. Comme le pain. J'ai envie de manger du pain. Je ferme les yeux. Des taches rouges éclatent sur mes paupières fermées. Rouge pomme. J'ai envie de manger une pomme. J'imagine si bien son goût contre ma langue que je la sens, cette pomme imaginaire. Elle est là, dans ma bouche, dégageant un arôme sucré. J'ouvre les yeux. Il n'y a pas de pomme, ni dans ma bouche ni ailleurs. Mon ventre grogne, assez fort pour que l'étudiant aux cheveux de pain se retourne dans ma direction. Je fais l'innocente, comme si cela ne venait pas de moi. Je regarde devant, le vide entre moi et le prof. Je n'entends rien, les lèvres de M. Legault bougent, mais je n'entends rien. Il reste douze minutes avant la fin du cours. Je dois tenir. J'ai si faim. De l'eau. De l'eau pourrait m'aider. Créer l'illusion de me remplir l'estomac. Merde. Boire de l'eau. De l'eau. Pendant un moment, plus rien n'existe que la pulsion de boire de l'eau. Ma bouche est pâteuse, ma langue, épaisse. Mon estomac crie. Comment elle fait, Em ?

Je l'attends dans la voiture devant l'école. Je suis tendue. Tendue parce que j'ai faim. Tendue parce que je ne veux pas voir surgir madame Prévost, avec une Élisabeth sans bras comme preuve des méfaits de l'appétit de ma sœur. Avec du sang sur sa blouse blanche. Parce qu'elle porterait une blouse blanche. Pour l'effet. Le rouge sang contre le blanc du coton. Ma sœur paraîtrait encore plus monstrueuse. Manger une aussi jolie fille, avec une blouse blanche, quelle horreur ! Les policiers arriveraient avec une muselière pour contrôler les dents d'Émilie. Elle serait conduite dans un hôpital psychiatrique, gavée de psychotropes qui la rendraient encore plus inhumaine. Un monstre. Un monstre affamé. Ma petite sœur avec une étiquette de « cannibale » collée sur le front. Des lettres noires sur un morceau de papier blanc. Il faudrait changer la couleur de l'étiquette selon les jours de la semaine, sinon Émilie ne voudrait pas la porter. Et ma promesse serait brisée. J'ai faim. Trop faim. Je ne me sens pas encore capable de mordre dans un rat, ou dans un bras, mais ça pourrait venir. Émilie sort enfin de l'école. Seule. Elle marche lentement, ouvre la portière et se laisse choir sur le siège avec une moue boudeuse. Ma réaction est si rapide que je ne pense même pas à la contrôler. Toute l'adrénaline que peut produire mon corps explose dans mon ventre. Je panique, mes mains tremblent.

Il n'y a pas de filtre qui module ma voix, c'est de la peur crue enroulée autour de chaque mot. De chaque lettre.

— Em, qu'est-ce que c'est ?

— J'ai un gros devoir en maths. Et toi ?

Moi ? Moi ? Moi quoi ? Mon cerveau est en arrêt. Un arrêt complet. Il n'y a plus de pensée qui prend forme dans ma tête. Rien. Silence. Soufflée, estomaquée, je fais démarrer la voiture.

— Ju ?

Je ne peux pas parler. Pas pour le moment.

J'ai dit que j'avais mal au ventre et je suis restée dans ma chambre. Émilie a dit qu'elle était épuisée et qu'elle voulait aller au lit sans manger. Maman n'a pas posé de question. Elle a mangé ses macaronis avec un verre de vin, puis elle est allée au salon regarder une de ses émissions favorites. L'odeur de la sauce tomate qui reste dans l'air me rend folle. J'ai un énorme verre d'eau sur ma table de nuit et je me contente de quelques gorgées quand j'ai une crampe. J'essaie de lire. J'ai de la difficulté à me concentrer, je veux juste que l'heure de dormir arrive pour qu'on puisse passer à demain. Même si je ne vois pas en quoi demain pourrait être mieux. J'ai essayé de convaincre Émilie de boire un peu de lait protéiné. Elle n'a pas voulu. Je n'en ai pas bu non plus. Même si le goût de la vanille artificielle me paraît comme la plus délicieuse chose au monde, je n'en ai pas bu. Cela fait quatre fois que je relis la même phrase, mais le sens ne se forme pas, je n'arrive pas à comprendre les mots. Une rupture de compréhension. Mon cerveau ne veut pas fonctionner comme il le faut.

Émilie ne semble pas éprouver la moindre difficulté. Elle doit sentir mon regard. Je la vois lever les yeux de son livre :

— J'ai trop faim, Em. Comment tu peux ne pas manger quand tu as faim ainsi ?

— Ce n'est pas que je ne veux pas, je ne peux pas.

— Tu ne peux pas, ça veut dire quoi ça, tu ne peux pas ? Tu ne peux pas avaler ? Tu ne peux pas mâcher ? QUOI ?

Elle me jette un regard plein de reproches.

— Je me souviens du plaisir de manger. Avant. Je me souviens de ce que je ressentais quand j'avais envie d'une glace au chocolat, mais je ne le comprends pas maintenant. Juste d'y penser, j'ai envie de vomir. Alors ce n'est pas difficile de ne pas avoir envie d'en manger. C'est comme ne pas vouloir manger de choux de Bruxelles parce que c'est immangeable. Même si j'ai faim.

— Je mangerais même des choux de Bruxelles en ce moment.

Elle me fait un demi-sourire.

— Alors ce n'est pas un bon exemple.

— Je ne sais pas si je vais pouvoir tenir sans manger, je ne sais pas.

Elle pince les lèvres, comme si elle me cachait quelque chose.

— Em ?

Elle regarde son livre avec beaucoup d'intensité. Trop d'intensité.

— Em, merde. Qu'est-ce que c'est ?

— Je ne veux pas te le dire.

Je prends une grande respiration. Contrôler mon impatience. Je ne savais pas que la patience diminue quand la faim grandit. Il ne me reste que des miettes, des miettes de patience éparpillées dans le vide de mon estomac, l'espace immense qui fait un trou au milieu de moi. Vide. Je perds le fil de mes pensées. Il faut que je me concentre. Émilie me cache quelque chose. Je veux savoir.

— Em, s'il te plaît, dis-moi.

Ma voix ne laisse pas beaucoup de place pour la négociation. La patience ne fait peut-être pas de bruit, mais son absence se fait très bien entendre.

— Je sors la nuit quand tu dors.

— Tu sors ?

Je n'ai pas de réaction. Je sais que je devrais réagir, m'inquiéter. Un peu, au moins. Mon cerveau me le dit, mais c'est au-delà de mes forces. La pensée se forme dans ma tête, la tête de quelqu'un d'autre. Elle ne doit pas sortir souvent, je ne dors pas beaucoup.

— Tu sors.

Il n'y a n'a aucune réaction dans mon corps, aucune émotion qui vient. Les glandes endocrines ont aussi besoin d'être nourries ? Je ne sens aucun lien avec mon cerveau. Système d'absence.

— Tu sors la nuit.

Je me concentre sur ces informations qui flottent dans ma tête.

— Tu sors la nuit, sans moi.

Elle ne me répond pas.

— Tu vas où, Em ?

Elle m'observe comme si je pouvais l'attaquer, comme si elle était prise au piège. Piégée par moi ? Il ne me reste aucune forme de menace disponible, je ne sais pas ce qu'elle pourrait craindre.

— Em. Tu sors où ?

Il y a quelque chose de dur dans mon ton. Je l'entends, mais je ne le contrôle pas.

— Je… Je vais dehors… manger.

Elle mange. Dehors. La nuit. Un filet d'émotion tente de réunir mes pensées pour former un argument. Ou pour faire naître la colère. Je ne suis pas certaine. Cela semble un effort trop grand. De la colère. Elle sort pour manger ! Sans moi. Je ne mange pas, moi. Pour elle. Comment elle ose manger sans moi ? Je fais ça pour elle, et elle, elle mange sans moi. La nuit. Et moi je reste sans manger. Je m'arrête un moment sur cette pensée qui semble si grotesque : je ne mange pas pour elle. J'essaie de me rappeler pourquoi. Je sais que c'est pour comprendre. Pour la comprendre. Pour ensuite pouvoir l'aider. Je me demande si c'est pour arrêter de me sentir inutile. Ou pour arrêter cette insistance dans ma conscience, qui veut transformer ma perception de ma petite sœur en quelque chose de… de… Non. Me concentrer. Ne pas manger. Comprendre. La comprendre. Elle mange. Ça pourrait régler bien des choses. Ou non. Elle mange quoi ?

— Je veux aller avec toi.

Ce désir est venu sans passer par la voix qui parle tout le temps dans ma tête. C'est venu comme un mouvement, sans que j'aie besoin d'y penser. Je veux y aller. Manger. La nuit. Même si je ne veux pas savoir quoi. Elle me fait un bref sourire. Un hochement de tête.

— OK.

J'essaie de dormir. J'ai envie de demander à Émilie à quelle heure elle sort. Je ne le fais pas. Je ne sais pas pourquoi. J'attends. J'attends le sommeil, j'attends le silence dans ma tête. Les deux premiers soirs de mes journées sans manger, je n'ai presque pas dormi. Je ne pouvais pas m'endormir, j'avais trop faim. Toute ma tête pensait uniquement à manger. C'est à peine si je me souvenais pourquoi je faisais cela, ne pas manger. Pour ma petite sœur. Pour être celle qui comprend qu'elle n'est pas un monstre. Pour qu'elle ne devienne pas un monstre. Pour avoir des preuves. Depuis deux nuits, je dors. Peut-être que je m'évanouis et que je pense que je dors. Mais c'est pareil. Mes pantalons sont déjà plus grands. Mes yeux sont cernés. J'ai mauvaise mine. Ce soir, maman m'a demandé si j'allais bien. Je lui ai dit que j'avais une migraine. C'est un bon billet pour acheter la paix, la migraine. Ça explique tout et on n'y peut rien. Elle m'a dit de boire beaucoup d'eau. Si elle savait… J'ai bu du lait deux fois aujourd'hui, je me sentais trop faible. Émilie en a bu seulement une gorgée ce matin. Émilie n'a pas autant mauvaise mine que moi, je sais maintenant pourquoi. Elle sort manger la nuit. Comme un vampire. Elle va me réveiller quand elle va sortir. Elle dort avant. Je devrais dormir aussi. Je devrais y arriver. Ou perdre conscience. C'est pareil.

— Ju.

Un chuchotement. Dans mon rêve. Un chuchotement. Émilie qui m'appelle, de loin. Je me souviens d'un brouillard, l'impression d'une présence étrangère. C'était un autre rêve. Un rêve d'avant. Quand je n'avais pas tout le temps faim. Même dans mes rêves, j'ai faim. Émilie insiste :

— Ju.

J'ouvre un œil. Émilie est au pied de mon lit, contre la lumière du lampadaire qui éclaire la ruelle et qui éclaire aussi notre chambre. Un profil accroupi au pied de mon lit. Comme un oiseau. Comme un rapace. Elle me secoue.

— Ju !

Il y a une urgence dans sa voix.

— Ça va, Em, je suis réveillée.

— Vite.

Il est 3 h 40. Le cœur de la nuit. Il n'y a pas un bruit.

— On va loin ?

— Non.

Elle enfile ses souliers. Je tâtonne pour trouver les miens dans la pénombre. Je me prépare à sortir manger. Manger des vers ? Suis-je prête à manger des vers ? J'espère que ce sont des vers. Et pas autre chose. Parce que les vers sont devenus tolérables, c'est une question de comparaison.

Nous sortons par la porte de la cuisine. Celle qui donne sur l'escalier en colimaçon. Nous descendons. Les marches grincent, mais pas assez pour ralentir le pas de ma sœur. Elle ne m'a jamais réveillée lors de ses sorties nocturnes, j'imagine qu'elle sait ce qu'elle fait. Nous arrivons dans la ruelle. Elle porte un pantalon de pyjama bleu et un t-shirt blanc pour dormir. Elle semble refléter la lumière de la lune. Dans le noir de la cour, elle me fait penser à un papillon de nuit. Elle ne semble pas tout à fait réelle et je me demande si, moi, je suis tout à fait réelle, à venir chasser les vers (il faut que ce soient des vers) pour nous nourrir, ma sœur et moi. Toutes les fenêtres des logements avoisinants sont obscures. Pas de veilleur de nuit dans notre ruelle. Émilie ouvre la barrière de la clôture qui délimite le terrain de notre propriétaire. Rien ne bouge dans l'allée.

— Em, il faut aller loin ?

J'ai chuchoté. Nous sommes hors de portée de toutes oreilles indiscrètes, mais j'ai chuchoté. Question d'ambiance, protocole de nuit. Elle chuchote aussi.

— Non. Il y a un jardin chez des voisins.

Un jardin ? Un jardin. Nous allons être les marmottes du jardin de ville d'un de nos voisins. Je sens bien une certaine pression du côté de la raison, mais les grondements de mon estomac la couvrent sans problème. Marmotte, je suis. Et j'emboîte le pas à ma sœur qui marche maintenant en plein centre de la ruelle. Pourquoi pas ? Il n'y a personne. Alors je fais comme elle. Moi. Je fais comme Émilie. Il y a bien un endroit de ma mémoire qui me dit que les choses ne sont pas dans le bon ordre. Mais il y a mon estomac qui s'en balance. Et je vote pour l'estomac.

— Ju, c'est juste là.

Elle indique une barrière de clôture similaire à celle de notre propriétaire, mais celle-ci est peinte en vert.

— Tu viens souvent ici la nuit ?

Elle ne répond pas. C'est peut-être mieux comme ça. Elle ouvre la clôture et entre dans la cour sans tenter de se dissimuler. Je fais de même. Il y a un grand potager qui s'étend sur toute la longueur de la cour. Difficile de dire ce qui y pousse, mais est-ce important ? Émilie n'est pas ici pour les légumes. Il y a un bruit de l'autre côté de la clôture de bois, la respiration haletante d'un chien. Je me dis qu'il va se mettre à aboyer et alerter tout le voisinage de notre expédition nocturne. L'idée d'avoir à expliquer notre présence me fout des épines dans le crâne. Émilie longe la clôture et chuchote :

— Chuuuut, Rosalie, c'est moi. Et Julie, ma sœur. Elle est avec moi.

La chienne n'aboie pas. Émilie marche jusqu'au jardin, s'agenouille sur la terre et se met à creuser. Je ne peux pas me joindre à elle. Pas encore. J'attends. Je ne sais pas quoi, mais j'attends. Peut-être le retour de ma raison. Peut-être une intervention externe, quelque chose qui tombe du ciel. Quelque chose. Mais pas ça, pas ma sœur agenouillée sur le sol d'un potager étranger, en pleine nuit, à la recherche de vers à bouffer. Pour ne pas bouffer de l'humain. Parce que manger des vers est tout à fait acceptable… par comparaison. Je me laisse tomber à genoux, je farfouille autour de moi sans conviction. Je trouve un asticot. Il est blanc. Sec. Mort. Je le prends entre mes doigts, je ne frissonne pas. Je le lève devant ma bouche. Mon ventre grogne, mais je n'ai pas envie de le manger. Puis j'entends Émilie protester.

— Non !

Non ? Non quoi ?

— Ju, on ne les mange pas quand ils sont morts ! Voyons !

Voyons ? Parce qu'il y a une différence ? Une distinction ? Je ne comprends pas. Je regarde Émilie. Elle a de la terre autour de la bouche. Je ne l'ai pas vue absorber quoi que ce soit. Mais elle a mangé. Quelque chose.

— Pourquoi non, Em ?

— Parce que c'est, c'est, c'est... c'est dégoûtant.

Ah. Le pas à ne pas franchir, l'étape du dégoût, la différence entre la vie et la mort. Je ne suis pas certaine que j'arriverai à comprendre. D'autant que je ne comprends plus rien depuis l'accident. Je ne comprends plus et n'essaie même plus de comprendre. Peut-être que ce n'est pas important après tout. C'est peut-être ça qu'il faut que je comprenne : que ce n'est pas nécessaire de comprendre. Mais c'est plus fort que moi, j'ai besoin d'un minimum de logique. Juste un peu. Il me faut quelque chose à quoi me raccrocher pour ne pas partir à la dérive. Même si c'est une illusion. Même si ce n'est pas vrai.

— OK, tu vas devoir m'expliquer. Les vers, c'est dégoûtant. Morts ou vifs, ils sont dégoûtants. Les manger, c'est plus que dégoûtant, c'est révoltant. Et maintenant, il faut les manger vivants ?

Elle me regarde. Elle ne comprend pas que je ne comprenne pas.

— Tu ne vois pas la différence, Ju ?

— Je ne vois pas la différence, Em.

Elle ferme les yeux, soupire. Seule au monde, seule dans le délire qui est le sien. Je ne sais pas comment l'aider. Dans la terre, devant elle, il y a un petit ver tout vert qui se tortille.

— Ce n'est pas grave, Em. Je t'aime pareil. C'est tout ce qui compte.

Elle saisit le ver entre le pouce et l'index, le place dans le creux de sa main et vient me le présenter. Elle m'offre sa logique, elle m'offre de comprendre, elle m'offre à manger. Le ver se tortille sur sa paume.

— Tu vois?

J'ai regardé. Avec mon ventre qui grognait et ma tête qui n'en pouvait plus. Je n'ai rien vu, mais je ne lui ai pas dit. J'ai pris le ver. Et j'ai avalé le ver vert. Je l'ai écrasé entre mes dents pour ne plus le sentir bouger dans ma bouche. J'ai mâché sans respirer pour ne pas le goûter. Les morceaux de terre ont fait un bruit de sable contre mes dents. Puis je l'ai avalé. Parce que les grandes sœurs mangent des vers parfois. Pour l'amour de leurs petites sœurs.

Un bruit. Celui de la porte qui se referme. J'ouvre les yeux. Maman vient de partir pour le boulot. Sans savoir. Elle ne sait rien. Elle ignore que ses filles sortent la nuit, que je me réveille plus fatiguée que quand je me suis couchée. Elle ne sait pas que les choses les mieux établies, les plus habituelles de la vie de ses filles, ne sont plus. Je me demande comment elle peut ne rien savoir. Elle doit bien soupçonner quelque chose et faire l'autruche. Ce n'est pas possible qu'elle ne sache pas que ses filles ne mangent plus alors que nous habitons la même maison. La même cuisine. Une semaine. Cela fait une semaine que je n'ai pris que du lait de protéines. Et un ver. Je n'ai même plus faim. C'est plus loin que la faim. J'ai un mal de cœur qui me ballotte l'estomac de façon constante, m'enlevant toute envie de manger. Mes intestins ne savent pas comment assimiler le vide. J'ai des nœuds dans le bas-ventre en permanence. Et cela ne change rien. J'ai le corps vide. J'ai la tête vide. Je pousse ma volonté pour passer à travers mes journées, mais je ne sais plus pourquoi. J'ai l'impression de porter un costume de moi qui pèse trop lourd, mais qui m'oblige à jouer ma vie sans y croire. Et ça ne sert à rien. Je n'ai aucun éclair de génie, je ne comprends pas pourquoi ma petite sœur devient ce qu'elle devient. Je ne sais pas comment l'empêcher. Je ne sais même pas si je dois l'empêcher. Je n'en peux plus, et les jours à venir ne présentent aucune promesse de changements. Qu'est-ce qui pourrait changer? Je me lève, je vais à la cuisine et m'installe à la table. Par habitude. Je regarde le reste du café de maman sur la table. Ça sent bon. Même froid, le café sent bon. Qu'est-ce que je fais. Je dois me préparer. J'ai un cours ce matin. Je dois aller conduire Émilie à l'école. Je n'ai rien dans la tête. Rien dans le ventre. J'entends Émilie qui se réveille. Elle s'assoit sur le bord de son lit qui grince. J'entends ses pas dans le corridor. Elle est devant moi:

— Ju, je ne vais pas boire le lait ce matin. Mon estomac ne veut plus.

Et voilà. Les choses peuvent toujours changer. Je me lève et mets une tranche de pain dans le grille-pain. Je n'ai pas envie de manger, mais le fait que je n'ai pas faim m'effraie. Et ne pas manger ne sert à rien. Alors je me remets à manger. Une rôtie. Pour commencer. Émilie m'observe en silence. Elle attend. Je ne sais pas quoi lui dire. Je sais que crier ne donnera rien. De toute façon, je n'ai pas la force de crier:

— J'ai essayé de comprendre, Em, en faisant comme toi. Mais je ne comprends pas.

Elle hoche la tête. Ses yeux sont trop luisants. Elle retient des larmes.

— Je n'abandonne pas. Je vais trouver quelque chose.

Elle lève la tête.

— Je vais trouver autre chose, Em. Je pense que je réfléchis mieux si je mange.

Elle a un léger mouvement de recul: son corps a réagi au mot « mange ».

— Em, je ne vais pas te forcer à manger, mais tu ne peux pas survivre en bouffant des vers.

— Je bois de l'eau aussi.

— Em…

— Je sais.

Mais nous ne savons pas. Je sors ma rôtie du grille-pain, la beurre et en prends une bouchée. Quand le pain grillé est dans ma bouche, toute la salive de mon corps semble s'accumuler dans mes joues. Ça noie le pain en deux secondes, j'avale une pâte liquide et mon estomac ne proteste pas. Une autre bouchée. Petite. Émilie me regarde manger en fronçant les sourcils.

— Va t'habiller, Em. On va être en retard.

Elle marche vers notre chambre. J'avale ma dernière bouchée et je vais m'habiller aussi. Ce n'est pas comme si je pouvais faire autre chose. Est-ce que je peux faire quelque chose ?

Je regarde la femme parler devant la classe. Elle gesticule, module sa voix et fait de l'effet. Il y a une partie de mon cerveau qui enregistre que c'est un bon professeur. Elle sait garder l'attention de ses étudiants, elle connaît sa matière. Mais je n'écoute pas. Je grignote des amandes grillées et salées que j'ai achetées à la pause dans une machine distributrice. Le petit sachet est caché entre mes cuisses. Je glisse une amande dans ma bouche quand la prof est tournée vers le tableau. Je fais attention de ne pas faire crisser le papier. Je mâche avec lenteur, silencieusement, pour ne pas déranger le discours de la prof, et je prends tout mon temps pour déguster ma collation. Le goût du sel sur ma langue, le goût de l'amande qui explose dans ma bouche, qui monte dans mon nez, le croquant entre mes dents. Manger… J'en dépose une autre dans ma bouche, laisse la salive monter, noyer l'amande. Est-ce qu'une amande peut ramollir au contact de la salive ? J'attends, la bouche pleine. Je mâche, puis j'avale. Je ne pense à rien. Juste à manger. Juste au plaisir de manger. Je réalise que mes yeux sont fermés. Je les ouvre : la prof n'a rien remarqué. Je suis bien. Une autre amande. Puis la cloche sonne. Le cours est terminé. Les étudiants qui sont assis à ma gauche doivent passer derrière moi pour sortir. Je m'avance contre la table. Je n'ai pas encore rangé mes choses, je n'écoutais pas quand la prof a annoncé la fin du cours. J'attends la sortie de la dernière étudiante. Comme elle passe derrière ma chaise, elle s'empêtre dans la manche de ma veste qui repose sur le dossier de ma chaise. Il y a un bruit de déchirure, puis un juron :

— Merde !

Je me retourne pour voir l'étendue des dégâts. Et la responsable. C'est une fille ordinaire. Blonde. Avec des yeux en amande. C'est peut-être mon cerveau qui est encore aux prises avec le souvenir de ma collation. Je souris. Elle prend mon sourire pour une invitation à me parler. Mais c'est peut-être qu'elle est de la race des gens polis.

— Je suis désolée ! Tu veux que je te rembourse, que je paie la réparation, quelque chose ?

Il y a beaucoup de mots, avec beaucoup d'intonations. C'est un contact avec un peu trop de vie pour ce que je suis capable de prendre en ce moment. Je marmonne :

— Non, ça va. Ce n'est rien. Pas vraiment.

Je regarde ma veste. Il y a une déchirure sur la manche, c'est tout. Une déchirure, je n'ai rien à foutre d'une déchirure. Je lui fais un demi-sourire pour la délivrer de sa culpabilité de convenance. C'est tout ce dont elle devrait avoir besoin.

— Oh. Non, je ne suis pas d'accord. Laisse-moi au moins te payer une bière après les cours pour me faire pardonner ! Nous sommes quelques-uns à se rejoindre au petit bar au coin de la rue, tu veux venir ? Allez, dis oui, ce sera sympa !

Elle paraît sincère. Et simple. Il n'y a pas de plus gros problème dans son univers que ma veste déchirée. Je n'ai pas envie d'y aller, je ne bois pas de bière, mais il y a quelque chose de reposant dans ses yeux. Dans son sourire.

— OK. Merci.

— Moi, c'est Amanda.

Elle a un sourire sympathique. Léger.

— Julie.

— Cool ! Super, Julie ! À plus tard !

Il reste un cours à l'horaire régulier, mais j'ai choisi mon horaire en fonction d'Émilie. Pour que je puisse aller la chercher à l'école. Je n'ai jamais de cours en fin d'après-midi. Émilie. J'ai réussi à ne pas penser à Émilie pendant tout ce temps. Je n'ai pas cherché de solution, je n'ai rien fait. Je devrais me sentir coupable. Je me sens coupable.

Devant l'école d'Émilie, il y a madame Prévost qui fait les cent pas. Elle m'attend. Alarme. Mon estomac se tord, c'est automatique. Je sens tous les poils de mon corps se mettre au garde-à-vous. Je commence à reconnaître l'effet de l'adrénaline qui explose dans mes membres. Je pourrais presque dire d'où elle décolle dans mon cerveau. Il y a un bourdonnement dans mes oreilles. Je sors de la voiture en courant :

— Qu'est-ce qui se passe ?

Je dois avoir l'air de ce que je ressens, parce que madame Prévost me regarde avec des grands yeux trop ronds avant de mettre une main sur mon épaule.

— Ce n'est rien de grave, Julie. Enfin, pas si grave que ça.

— Quoi, quoi ?

Ma voix est trop forte, le bourdonnement dans mes oreilles me fait parler trop fort. Je ferme les yeux, respire, me reprends :

— Émilie ?

— Elle est dans mon bureau avec l'infirmière.

L'infirmière !

Je bouscule madame Prévost dans ma hâte. Je bouscule une élève qui me jette un regard indifférent.

— Julie !

Je m'arrête. Contrôle. Il faut que je me calme.

— Je suis désolée. Je, je...

Ça ne sert à rien de produire une explication. Il n'y a pas d'explication.

— Je vous suis.

Madame Prévost passe devant moi, je la suis dans son bureau. Émilie tient une serviette contre sa tête. Il y a du sang dessus. Je ne trouve même pas les mots pour demander ce qui s'est passé. J'attends. L'infirmière me fait un petit sourire contrit. Émilie ne me regarde pas. Madame Prévost prend place derrière son bureau.

— Émilie a eu une dure journée. Elle s'est mise à se gratter la tempe jusqu'à s'arracher la peau. Elle ne nous a pas dit pourquoi, elle refuse de parler depuis.

Je regarde les mains d'Émilie sur ses genoux. Ses ongles ont repoussé. Ils sont assez longs pour arracher de la peau maintenant. Il y a du sang sur ses doigts.

— Em?

Elle ne réagit pas. J'ai une faiblesse quand j'aperçois du sang sur ses lèvres. Est-ce qu'elle a essayé de manger? De se manger? Je ne vais pas bien, pas bien du tout.

— Julie, est-ce que...

— Je dois aller à la salle de bains...

Je pars en courant. Je sais où sont les toilettes. Je connais cette école comme si je l'avais fréquentée. Je cours, mes pieds tapent fort contre le plancher. J'évite les traînards qui restent dans le corridor, parce que si j'en touche un, il pourrait exploser. Je le sais, c'est une école où il y a beaucoup d'autistes. Je cours et j'évite les obstacles. Je ne m'arrête pas aux toilettes, mais continue à courir. Mon cœur bat trop vite, mais la sensation de ne plus être dans mon propre corps s'estompe. Je ne vais pas disparaître, je ne vais pas perdre conscience: je suis là, je cours, je suis vivante. Je m'arrête, le bourdonnement dans mes oreilles est entrecoupé par les battements de mon cœur. Tout pulse dans mon corps, au rythme de mon cœur. Vivante. Je retourne sur mes pas et entre dans les toilettes. Il n'y a personne. Je fais face au miroir. Je suis livide. Il y a deux points rouges au centre de chacune de mes joues. Comme du maquillage maladroit. Je laisse couler l'eau froide sur mes mains, puis je passe mes doigts froids sur mes joues. Ça va aller, Émilie ne va pas se manger elle-même, c'est impossible. Il y a une autre raison. Ça va aller. Je retourne dans le bureau de madame Prévost. Avec une excuse toute prête.

— Je suis désolée, je me suis sentie mal. Je ne tolère pas la vue du sang.

C'est faux. Mais pas tout à fait quand il s'agit du sang d'Émilie. C'est toujours plus facile de mentir quand le mensonge est proche de la vérité. L'infirmière hoche la tête, pleine de compréhension. Madame Prévost me regarde avec indulgence :

— Émilie, est-ce que tu peux aller avec l'infirmière chercher tes choses dans ton casier ? Je vais parler avec ta sœur pendant ce temps.

Émilie ne proteste pas, se lève et quitte le bureau avec l'infirmière. Elle tient toujours la serviette contre son visage. Je ne m'assois pas. Je regarde madame Prévost. Je ne sais pas quelles questions poser. J'attends des explications, j'espère des explications.

— Je ne comprends pas ce qui a provoqué cette crise d'automutilation chez Émilie, ce n'est pas dans ses habitudes. Je ne crois pas qu'elle aille bien. Elle ne mange presque pas au dîner. Je ne sais pas si vous l'avez remarqué, mais elle semble un peu trop maigre. Est-ce qu'elle mange bien à la maison ?

Une question si simple.

— Elle ne mange pas beaucoup depuis l'accident.

— Il faudrait peut-être y voir.

Il y a un silence. Comment sortir d'ici ? Comment éviter cette femme trop bien intentionnée ? Qu'est-ce que je fais là ? Puis j'y pense : la réponse. Celle qu'elle veut entendre.

— Je pense que nous allons prendre rendez-vous demain avec son psychologue, voir ce qu'il en est.

C'est la bonne réponse. La tension dans les épaules de madame Prévost disparaît.

— Je crois que c'est une bonne idée.

— Il devrait pouvoir nous recevoir en urgence demain. Émilie ne viendra pas à l'école.

— Bien sûr.

— Je vous fais envoyer le rapport du Dr Blanchard, comme d'habitude. Avec la signature de ma mère aussi. Comme d'habitude.

— Merci, Julie. Je ne comprends pas ce qui s'est passé. Il n'est rien arrivé de particulier pour provoquer cette crise.

— Je sais.

Et je suis partie rejoindre Émilie dans le corridor.

Elle s'assoit à la table de la cuisine. Elle tient toujours la serviette contre sa tête.

— Laisse-moi voir, Em.

Elle ne réagit pas. Elle n'a pas répondu à mes questions dans la voiture. Mais je n'ai pas vraiment insisté, j'avais besoin d'un moment de silence.

— Em, s'il te plaît.

Je tire une chaise et je m'assois à ses côtés. Je ne la touche pas. Je lui laisse le temps. Des fois, c'est tout ce qu'elle a besoin, du temps. J'attends, je regarde ses doigts. J'ai envie de laver le sang, là, tout de suite, mais je ne bouge pas. Elle finit par retirer la serviette, la dépose sur ses genoux. Ce n'est pas pire que ce que j'avais imaginé. Ce n'est pas mieux non plus.

— Ça fait mal?

Elle hoche la tête.

— Tu veux des cachets?

Elle hoche la tête sans me regarder.

— Attends.

Je vais chercher les cachets et les place sur la table avec un verre d'eau. J'ai pensé mettre un verre de lait, mais je choisis de mener une bataille à la fois. Avec Émilie, c'est plus sûr. Elle avale les cachets et garde les yeux sur la surface vide de la table de la cuisine. Il y a un bruit dehors. Je regarde vers la fenêtre et aperçois le reflet de ma petite sœur sur la vitre: une étrangère, une enfant trop grande qui semble abandonnée. Trop maigre. Sale. Blessée. Abandonnée. Ses longs cheveux plaqués contre son crâne par l'humidité de la serviette, par le sang séché. J'ai envie de pleurer. Je ne pleure pas.

— Em, as-tu essayé de manger ta propre chair ? C'est ce que tu tentais de faire ?

Silence.

— J'ai besoin que tu m'aides si tu veux que je t'aide.

— Non.

Un murmure.

— Non, tu ne voulais pas manger ta propre chair ?

— Non, je ne voulais pas me manger. J'avais mal.

— Tu avais mal à la tête ?

— Oui.

— C'est pour ça que tu as gratté comme ça ?

— Oui,

— Mais, Em, tu as déjà eu mal à la tête. Tu n'avais qu'à demander des comprimés.

— Ce n'était pas ce genre de mal de tête.

Elle lève la main pour gratter. Je fais un mouvement vers elle. Elle arrête son geste et repose sa main sur ses genoux.

— Ça pourrait s'infecter, il ne faut pas que tu y touches. L'infirmière a nettoyé les plaies, oui ?

— Oui.

— Pourquoi tu ne voulais pas leur répondre ?

— Je ne savais pas quoi leur dire.

Son ton est monocorde. Un robot.

— C'est arrivé quand ? Le mal de tête ? Celui qui t'a fait te gratter ?

— Après la collation.

Je réfléchis un moment, je cherche une raison, une explication. Rien ne me vient. Je pense au regard de madame Prévost. À son commentaire sur le dîner d'Émilie. Sur sa maigreur.

— Tu fais comment, pour les repas et les collations à l'école ?

— Comme ici, je fais semblant.

— Mais pas aujourd'hui ?

— Non, je n'y ai pas pensé. J'avais mal à la tête. J'ai oublié.

— Tu viens de me dire que cela avait commencé après la collation d'après-midi.

Elle me regarde pour la première fois depuis ce matin. Elle en a marre. Elle s'impatiente vite quand je ne comprends pas. Au moins, c'est une réaction, une réaction que je connais, dans laquelle je la reconnais, elle. Un peu.

— J'avais un mal de tête ordinaire. Je n'ai pas pensé à demander des comprimés. Puis j'ai eu un mal de tête différent après la collation de l'après-midi. Ça s'est mis à me démanger, alors j'ai gratté.

Elle est furieuse, je suis épuisée.

— Je vais prendre rendez-vous avec Blanchard pour demain.

— Non.

Je vais rincer la serviette à l'évier. Je m'agenouille devant Em et nettoie ses mains.

— Em, tu n'es pas obligée de lui parler de tout. Juste de cette démangeaison. Il le faut pour que tu puisses retourner à l'école.

Elle ne répond pas tout de suite.

— Madame Prévost l'exige, Em. Tu connais la procédure…

Elle hésite puis finit par capituler.

— On va juste lui parler de ma tête ?

— Promis.

— OK.

Je passe la serviette sur ses lèvres, j'enlève le sang. Elle ne bouge pas. Je replace la serviette entre ses mains.

— Em, tu as une idée, toi, de ce qu'on pourrait faire pour que tu recommences à manger comme il faut ?

Elle me regarde, étonnée. Je vois qu'elle réfléchit à la question. Je vois surtout qu'elle ne se l'est jamais posée auparavant. Elle comptait sur moi. Pas sur elle. Sur moi.

— Il faudrait que je ne sois pas tombée dans le trou, mais je ne peux pas faire ça. Je ne sais pas comment faire pour me donner le goût de manger. Tu comprends comment ça fonctionne, l'appétit ?

Il y a de l'espoir dans ses grands yeux bruns, mais je n'ai pas de réponse. Je secoue la tête.

— On va trouver, Em. On va trouver.

Elle se lève et file dans sa chambre. Ça me fait mal de la voir. Parce que je la vois. Comme elle est, là, maintenant. Trop maigre, le visage écorché, les yeux morts. Ma petite sœur qui avait tant d'énergie, qui était mon énergie. Elle n'est plus là et je ne sais comment la faire revenir. Je ne sais pas. Je ne veux plus être ici. Je n'en peux plus. Je regarde l'heure. Maman va arriver bientôt. Maman. Sa réaction devant le visage d'Émilie. Je vais devoir lui expliquer. Me tortiller entre les mots et les demi-vérités pour ne pas trop l'inquiéter. Pour ne pas étouffer sous sa douleur et son inquiétude. Puis je me rappelle l'invitation d'Amanda. Je me lève, prends mes clés, je me dirige vers notre chambre. Émilie est couchée, elle lit *La petite fille qui aimait Tom Gordon*.

— Je vais aller rejoindre une amie du cégep.

Elle hoche la tête, mais ne lève pas les yeux.

— Dis à maman que je ne serai pas ici pour le souper.

— OK.

— À plus tard.

Silence.

Et juste comme ça, parce que je ne sentais pas la force d'affronter ma mère, je suis partie.

Je refais le trajet vers le cégep sans m'en rendre compte. Je n'étais pas en état de conduire: je ne sais même pas si j'ai fait les arrêts, si je me suis arrêtée aux lumières quand elles étaient rouges. Je n'ai rien enregistré. Je suis devant le cégep, j'ai garé la voiture et je ne sais même pas comment j'y suis arrivée. Ne penser à rien. Marcher vers le bar au coin de la rue et ne penser à rien. Quand j'ouvre la porte, c'est une offensive de bruits et d'odeurs suffocantes qui m'accueille. Il y a beaucoup de monde, et plein d'écrans de télés qui diffusent une lumière dure et mouvante sur les visages luisants. Ce n'est pas agréable, c'est lourd et poisseux. Je cherche Amanda. Je dois me faufiler entre les tables, pousser des gens, éviter des serveurs surchargés. Qu'est-ce que je fais ici? Je déteste cet endroit, je déteste ce genre d'endroit. Je pourrais partir sans trouver Amanda. Je pourrais mais je ne le fais pas. Je l'aperçois qui me fait des grands signes d'une des tables près de la fenêtre.

— Hey! Je suis contente que tu sois là! Viens t'asseoir!

Elle m'indique une chaise entre une fille qui me sourit gentiment et une autre avec des trous gros comme des fraises dans les oreilles. Je m'assois.

— Lisa, Darla, c'est Julie. Elle est avec nous en psycho-patho et en philo.

Je hoche la tête par principe, pour interagir, je n'ai aucun souvenir de ces filles dans mes cours.

— Tu veux une bière ?

Il y a un pichet au centre de la petite table ronde. Un verre pour chacune.

— Non merci. Ça va.

Haussement de sourcils généralisé. Refuser de l'alcool ne leur semble pas une option concevable. Je place un sourire gêné sur mes lèvres.

— Je conduis.

— Oh !

Une excuse acceptable. Amanda reprend la parole. Sa voix est aiguë, avec un débit rapide et des variations insistantes à chaque fin de phrase.

— Alors, tu l'aimes, la prof de philo ? Elle est vraiment intéressante, non ?

La fille avec les trous dans les oreilles émet un son qui semble être un acquiescement. J'ai déjà oublié son nom. Qu'est-ce qui ne va pas avec moi ? Je dois dire quelque chose, je pense qu'elles attendent une réponse.

— Oui. Elle est…

Je cherche un adjectif, je regarde Amanda qui n'arrête pas de transférer son poids d'une fesse à l'autre, ses doigts pianotant sur son verre. Un trop-plein d'énergie se bouscule dans cette fille. C'est fascinant. Et épuisant.

— … énergique.

Les filles semblent d'accord. Le rythme de la conversation, interrompue par mon arrivée, reprend. Les verres claquent sur la table, les voix s'exclament, les chaises grincent contre le plancher, la musique est trop forte et les odeurs trop emmêlées pour les identifier. Il fait chaud, il n'y a pas d'air et je regarde les ailes de poulet sur la table voisine. Émilie aime les ailes de poulet. Elle aimait les ailes de poulet. Je regarde les filles discuter, je ne les écoute pas. Quand le rythme ralentit, je souris, je fais oui, ou je fais non, ça ne semble pas important, mais c'est assez. Je suis discrète, pas assez pour être étrange. Ça va. Je me demande quand je pourrai partir en restant dans les limites de l'acceptable. Parce que rien de tout cela ne m'est agréable. C'est plutôt comme jouer un rôle de figurante dans une pièce que je n'ai pas choisie. Je ne sais pas pourquoi j'y suis.

Les toilettes sont minuscules, le plancher, collant. J'avais besoin d'un moment hors de leur univers. Je dois retourner à la maison. Je crois que j'ai donné assez de temps, je peux m'en aller sans être effrontée. Je demande à Amanda si elle peut me prêter les notes de cours qu'elle va prendre demain, je serai absente demain. Je dois emmener Émilie chez le psychologue. Voilà. Une grande respiration. Saluer les autres filles dont j'ai oublié les noms.

Dehors, il y a de l'air, de l'espace. La noirceur est douce. Je marche vers la voiture. Mon estomac ne veut pas retourner à la maison, mon cœur non plus. C'est un étrange mélange de culpabilité et d'inertie qui m'empêche de réfléchir. Les mots dans ma tête sont enveloppés de mousse protectrice. L'accès est difficile. Ralenti. Étouffé. Ça me donne l'impression de flotter quelques centimètres devant moi-même. Ce sont les bruits de mon estomac qui me rappellent que je peux manger. J'ai faim. Je pourrais arrêter manger avant de rentrer à la maison. Mais je ne le ferai pas.

Maman est couchée sur le divan. Elle dort. Il y a une coupe de vin sur la table basse. Il y a la bouteille à côté. Il n'y a pas plus de vin dans la bouteille que dans le verre. Je marche jusqu'à notre chambre en faisant attention de longer le mur et d'éviter la planche du milieu qui gémit sous les pas. Émilie dort. Dans la cuisine, je me prépare un sandwich. Pendant que j'étends la mayonnaise, maman apparaît.

— Tu t'es bien amusée ?

Elle est fripée. Pas ses vêtements, elle. Elle est fripée.

— C'était sympa.

Ça ne l'était pas.

— Il reste des pâtes du souper si tu veux.

Ma mère a fait son effort de cuisine : pâtes et sauce en conserve.

— Non, merci, sandwich jambon et fromage, c'est ce dont j'ai envie.

Elle s'assoit à la table.

— Tu as toujours aimé les sandwichs. Tu n'as jamais demandé autre chose dans tes lunchs pendant tout ton primaire…

Je ne dis rien. Quand elle veut parler de quelque chose qui lui est difficile, elle s'égare toujours dans des souvenirs avant d'en venir au fait. Je me sers un verre de jus de pomme. Je prends place à la table. Je lui laisse le temps dont elle a besoin. Je commence à manger. Elle me regarde un instant. Elle ignore combien manger est extraordinaire. J'en oublie presque son inconfort. Quand sa voix se glisse entre deux de mes bouchées, je lève les yeux.

— Émilie m'a dit que tu l'emmenais voir le psychologue demain. Tu as des cours. Tu veux que j'appelle ton père ? Il pourrait y aller, à la place ?

Elle ne me parle pas du visage d'Émilie. L'évitement est une danse que nous exécutons parfaitement, ma mère et moi.

— Émilie ne voudra pas y aller avec papa.

Les crises du passé motivent encore nos décisions, même si elles ne sont plus dans notre présent. Je me demande si ma mère a réalisé qu'Émilie ne fait plus de crises. Plus vraiment. Pas comme avant.

— Tu peux manquer tes cours demain?

— Amanda va me prêter ses notes de cours.

— Amanda?

— La fille avec qui j'étais tantôt.

Ma mère sourit. Un petit sourire discret, son sourire de plaisir. Un petit plaisir tout simple devant une preuve de normalité. De ce qu'elle considère normal. Il n'y en a pas beaucoup qui lui viennent de ses filles. Elle sait les prendre quand ils passent.

— Bien.

Elle me regarde terminer mon sandwich. Mon verre de jus. Elle finit par se lever, passe une main dans mes cheveux. C'est ce qu'elle fait à Émilie pour lui dire qu'elle l'aime.

— Merci, ma grande. Je ne te le dis pas assez. Mais merci.

Il y a beaucoup de mercis, pour beaucoup de choses peut-être. Mais j'ai l'impression que c'est surtout pour toutes les choses qui sont tues. Merci de ne rien dire. Je la regarde marcher vers sa chambre. Il y a quelque chose d'éteint dans ses mouvements, de prudent aussi, comme s'il ne fallait pas bouger trop vite dans notre vie, de peur de faire exploser quelque chose.

J'enfile mon pyjama. Émilie, dans son sommeil, gratte ses plaies. Il y a un peu de sang frais qui perle sur le sang séché. Je retire sa main et la place sous son oreiller, mais elle refait le mouvement en dormant. Je pose les doigts sur son front. Pas de fièvre. Les contours de la plaie, par contre, sont trop chauds. Il y a peut-être un début d'infection. Je vais chercher un linge humide et le place sur son visage. Sa main ne trouve plus les plaies, mais elle fait quand même le mouvement. Une solution temporaire. Mon lit est frais. Je ne pense pas pouvoir dormir, mais les draps contre ma peau sont agréables. Je regarde la lumière bouger contre le plafond au rythme des feuilles de l'arbre de la ruelle. Mon estomac est plein pour la première fois depuis ce qui me semble des siècles. Celui d'Émilie est dangereusement vide. Il faut que quelque chose change.

Je réalise que je rêve. Je suis dans le brouillard, j'entends un chuchotement constant, ce ne sont pas des mots, c'est comme un mouvement. Quelque chose qui frotte contre quelque chose d'autre. Cela prend toute la place dans ma tête. Je ne suis pas bien. Je ne vois rien dans le brouillard. Je ne sens rien, je ne peux pas bouger, mais j'entends. L'impression d'un mouvement perpétuel. Un chuintement ? Je n'arrive pas à trouver les mots. J'ai peur, je veux me réveiller. J'essaie de crier, je ne peux pas. Je sais que je rêve, mais malgré tout je sens la panique monter, je ne peux plus respirer. Je sais que ce n'est pas grave, dans un rêve, de ne pas respirer. C'est une illusion. Mais mon corps ne l'accepte pas. Je n'arrive pas à me raisonner, j'ignore comment me convaincre que je vis si je ne respire pas. Le bruit est plus fort. Il est dans ma tête, il est partout. Ça fait mal. J'étouffe, je veux forcer mon réveil, mais n'y arrive pas. J'abandonne, me laisse mourir. Je sens le manque d'air dans mes poumons, je suffoque. Il n'y a pas de contraction, il n'y a pas de lutte, je ne peux plus respirer et mon corps ne proteste pas. Je ne proteste pas, je me laisse aller. Le brouillard devient lourd. Je ne sens plus mes jambes. Je pense que je suis encore debout. Peut-être. Je ne sens plus mes bras. Je ne respire plus. Juste au moment où l'absence de sensations dépasse mon cou pour envahir mon cerveau, j'ouvre les yeux. Le blanc du plafond. La lumière du matin. Je prends une grande respiration. L'air dans mes poumons. Puis j'entends Émilie. Elle n'est pas dans son lit, elle est à mes côtés. Dans mon lit. Elle ne me touche pas, mais elle est recroquevillée contre moi. Son souffle, un chuchotement. Ses mains sont contre sa poitrine, ses plaies contre le drap. Émilie n'est jamais venue me rejoindre dans mon lit, même toute petite. Je ne sais pas ce qui s'est produit, mais je ne peux m'empêcher de passer une main dans ses cheveux. Dans son sommeil, je retrouve ma petite sœur d'avant. Mon manque d'elle me presse le cœur si fort que la sensation devient physique. Les larmes glissent de mes yeux vers mes oreilles, dans mon cou. Je me lève, Émilie remue un peu mais ne se réveille pas. Je la regarde, il n'y a plus de gras sur ses bras, il y a un creux dans sa joue. Dans son dos, le coton de son t-shirt moule chaque vertèbre de sa colonne, chaque vide entre ses côtes. Je ne comprends pas. Je laisse ma sœur mourir parce qu'elle me le demande, parce qu'elle ne veut pas en parler. Peut-être parce que je ne peux concevoir de perdre le reste de complicité qui me lie à ce qui reste d'elle. Peut-être parce que c'est ce que font les sœurs. Elles ne se laissent pas tomber. Sauf que je l'ai laissée tomber. Dans un trou. Je ne la laisserai pas tomber à nouveau. Nulle part. Jamais.

Le café froid de maman est sur la table. Je me sers un lait au chocolat. Mes pieds sont au chaud dans mes gros bas de laine, mais j'ai les orteils gelés. Il est 8 h 25. Dans cinq minutes, je pourrai appeler le bureau du psychologue pour avoir un rendez-vous d'urgence. Le Dr Blanchard réserve les quatre premières heures de sa journée pour les urgences. Je dois dire à Émilie que nous allons lui expliquer ce qui se passe. Parce qu'il faut faire quelque chose. Parce que je ne vais pas la laisser mourir. Je vais encaisser sa crise, même si cela me coûte ce qui me reste de son amour, de sa confiance, mais je ne la laisserai pas tomber. Je termine mon verre de lait, le sucre a un goût étrange sur ma langue. Je compose le numéro du docteur. Je suis en attente.

— Bureau du Dr Blanchard.

— Bonjour, madame Beauchamp, c'est Julie. Émilie a besoin de voir le docteur ce matin.

— Bonjour, Julie, à dix heures, ça vous convient ?

— Oui merci, madame Beauchamp.

J'entends Émilie se lever. Elle vient s'asseoir devant moi.

— Tu as eu un cauchemar, Em ?

— J'ai rêvé que tu mourais.

J'ai rêvé que je mourais aussi. Je ne réagis pas, pas tout de suite.

— Je mourais comment, dans ton rêve ?

— Tu disparaissais. Tu n'étais plus là.

Des larmes roulent sur ses joues. J'essaie de ne pas pleurer moi aussi. Émilie pleure si peu que ses larmes me chavirent toujours. Quand elle pleure, je pleure. Je regarde le haut du mur derrière elle, pour ne pas flancher.

— C'est pour ça que tu es venue dans mon lit ?

— Oui, je voulais te retenir. Je ne voulais pas que tu disparaisses. Ne disparais pas, Julie. Je ne veux pas.

Elle ne me regarde pas. C'est trop difficile pour elle, les sentiments qu'elle ressent. Elle ne veut pas les voir reflétés dans les yeux de ceux qui la regardent. Je fais attention pour que ma voix ne tremble pas.

— Je ne vais pas disparaître, Em. Je suis là. Je vais rester là. Promis. En attendant, il faut être chez Blanchard à dix heures.

— OK.

Elle tend la main vers ses plaies. J'arrête son mouvement avant qu'elle se mette à gratter. Elle lève la tête.

— J'ai encore mal à la tête, Ju. L'autre mal de tête.

Ses yeux rougis sont creux. Trop creux. Des grands cernes noirs lui mangent presque tout le visage.

— Je vais aller te chercher des comprimés, puis tu sautes dans la douche. Tu laves tes cheveux.

Elle attend les comprimés et les prend avec un peu d'eau. À peine une petite gorgée. Je serre les dents pour ne rien dire. Elle se dirige vers la salle de bains, fait deux pas de côté, puis tombe. Elle s'écroule, heurte le mur du corridor puis tangue vers le plancher.

— Em !

Je bondis, réussis à l'attraper avant que sa tête ne rencontre le sol. Je tombe à genoux avec ma petite sœur dans mes bras. Elle est sur le côté. Je la tourne vers moi. Elle est livide. Il ne reste aucune couleur sur son visage, que le noir de ses cernes, le blanc de sa peau.

— Em ! Réveille-toi ! Em !

Je la sens respirer, mais elle ne réagit pas. Les choses défilent si vite dans ma tête que je n'arrive pas à arrêter mes pensées sur quelque chose de concret. C'est une confusion totale. Je n'arrive pas à… Puis un mot : ambulance ! Je dois appeler l'ambulance. Je dépose Émilie sur le plancher. Juste comme je me lève, elle ouvre les yeux.

— Em, Em, dis quelque chose !

— Qu'est-ce…

— Tu es tombée ! Tu es tombée !

Ma voix est hystérique. Elle grimace.

— Ma tête.

— Tu t'es cognée contre le mur, tu as perdu conscience. J'allais appeler l'ambulance !

Elle s'assoit contre le mur.

— Pas besoin d'ambulance. Je vais bien.

— TU VAS BIEN !?!?

Je sens la colère monter en moi, la sensation d'un orage qui éclate dans ma tête. L'envie de tout casser au dehors pour que ça arrête de hurler en dedans.

— J'ai perdu conscience. Ça arrive, Ju.

— ÇA ARRIVE QUAND ON NE MANGE PAS !!!

Elle me regarde comme si c'était moi qui perdais la boule. Comme si c'était moi qui bouffais des vers et des larves sur les cadavres d'oiseaux.

— Ne crie pas.

Sa voix est suppliante, mais je ne l'entends pas. Je passe mes mains sous ses aisselles et je la soulève. Je glisse un bras autour de sa taille et je la dirige vers la cuisine.

— ASSIS.

Elle s'assoit. Elle n'est plus blanche, elle semble transparente. Je mets de l'eau dans un verre. Je place le verre devant elle.

— BOIS !

Je me retourne vers le comptoir. Des bananes. Je prends une banane, une assiette et une fourchette. J'écrase la banane dans l'assiette. Mes mouvements sont brusques. Rapides. Je lui fais une bouillie de banane, comme quand elle était petite.

— Peut-être que si tu recommences au début, comme les enfants. Peut-être !

Je prends une cuillère et je la remplis de purée de banane. Elle a les yeux fermés. Sur ses joues, les larmes laissent des traces luisantes contre le trop blanc de sa peau.

— Tu veux que je fasse l'avion ? Je vais faire l'avion !

Je fais l'avion. Elle ouvre les yeux… sa souffrance ! Je promène la cuillère devant sa bouche.

— ALLEZ, EM !

Puis son regard change. Il y a quelque chose que je ne reconnais pas. Ses lèvres s'entrouvrent, mais elle frappe ma main et la cuillère tombe. Puis ses mains viennent se plaquer contre sa bouche. Ses yeux sont remplis de terreur. Et de quelque chose d'autre.

— Arrête, Julie, je ne veux pas te manger, je ne veux pas que tu disparaisses !

J'arrête.

— Me manger ?

Je ne bouge plus. J'ai tout arrêté. Je réalise que j'ai même cessé de respirer, parce que l'autre chose, dans ses yeux, c'est de la faim. L'envie de manger. De me manger. J'ouvre la bouche. J'aspire. De l'air dans mes poumons. Je me retourne vers le comptoir. Je prends les ciseaux dans le tiroir, je soulève mon chandail, je pince un morceau de mon ventre, j'entends Émilie crier, puis je coupe. Je dois faire trois coups de ciseaux pour traverser la chair. Pour couper tout le morceau. Je ne sens rien. Je prends le morceau de viande et je le mets sur la table, devant Émilie qui marmonne quelque chose entre ses larmes. Elle fait non avec la tête. Dans un premier temps, sur mon ventre, il n'y a pas de sang. Puis le rouge apparaît. Avec la douleur. La douleur est étrange, diffuse. Puis elle se précise, comme une brûlure. Ça brûle. Je ferme les yeux.

— Vas-y, Em, tu peux manger. C'est OK.

— Je ne peux pas, Julie, je ne peux pas ! Je ne peux plus !

Sa voix est à l'agonie. J'ouvre les yeux. Elle regarde le morceau et je vois l'horreur sur son visage. Il y a un mot plus fort que l'horreur ? Révulsion ? Abomination ? Ma main est sur le trou sur mon ventre, je sens le sang glisser entre mes doigts. Le morceau de moi est sur la table, dans une petite flaque de sang. Ce n'est pas appétissant. Les choses commencent à s'embrouiller. Je ne devrais peut-être pas rester debout. Em a toujours les mains contre sa bouche, elle fait encore non avec la tête.

— OK, Em. Va me chercher quelque chose pour mon ventre.

Elle se lève, court vers la salle de bains. Je ne veux pas qu'elle coure, elle pourrait encore perdre connaissance, mais je n'ai pas la force de le lui dire. Elle revient avec la trousse de premiers soins, y prend des gazes, puis va chercher la pellicule plastique dans le tiroir. Elle place les pansements contre la plaie béante sur mon ventre.

— Lève-toi !

Je me lève. Elle passe la pellicule plastique autour de ma taille et plaque les pansements contre moi. Elle fait un autre tour.

— Em ?

— Ils font comme ça, dans les émissions de télé.

— OK.

Ça semble efficace. Pour le moment. Elle me tend son verre d'eau. Je m'assois, bois quelques gorgées.

— OK, Em, ça va.

Je montre le bout de ma chair sur la table.

— Explique-moi pourquoi tu n'en veux plus.

Il y a une détresse absolue qui l'enveloppe tout entière.

— Je ne sais pas, je ne comprends pas. Je...

Elle lève la main vers ses plaies. Pour gratter. Je me penche pour arrêter son geste, mais une épée de douleur me traverse le corps. Je reste contre le dossier de la chaise.

— Em, ne gratte pas !

Mais elle gratte. Fort.

— Em, merde, arrête !

Le sang perle. Les croûtes tombent. Elle fait une grimace de douleur, mais elle ne s'arrête pas. Elle gémit. Un long gémissement qui n'arrête pas. Je me lève pour l'arrêter. Sa main, son gémissement. La douleur irradie si fort de ma plaie que mes yeux s'embrouillent. Des larmes. Encore de foutues larmes. Je saisis le poignet d'Émilie et j'essaie de retirer sa main de sa tempe. Elle résiste, son gémissement ne s'arrête pas.

— Em, qu'est-ce que tu fais ?

Ma voix tremble, elle ne couvre pas sa plainte. Puis je les vois et tout s'arrête en même temps : ma douleur, ma respiration, mon cœur, son gémissement, sa résistance, tout. Je les vois ! Dans les sillons que ses ongles ont creusés de sa tempe jusqu'à sa mâchoire, il y a des vers. De petits vers blancs qui se tortillent pour sortir de ma sœur. Émilie a perdu conscience à nouveau. Elle s'est effondrée contre la chaise, a glissé sur le plancher. Son corps se raidit. Elle a des convulsions. Mes forces me quittent, je me sens disparaître. Je vais perdre conscience moi aussi. J'empoigne mon ventre. Le trou. Je pousse. La douleur explose. L'adrénaline, je la reconnais, la voici. Mon cœur s'emballe, j'ai même une nausée. Je cours vers le téléphone, appelle les secours. Je réussis à donner notre adresse, à dire que ma sœur a des convulsions, que des vers ont envahi son cerveau. Je crois même que je dis qu'ils l'ont grugé de l'intérieur, que c'est pour ça qu'elle ne mange plus. Je ne sais pas ce qu'ils ont répondu, ni même s'ils m'ont crue. Il y avait trop de brouillard dans ma tête, je n'étais plus là.

Un bruit de voix dans mon brouillard. Puis le brouillard se disperse. Des souliers à deux pouces de mon nez. Une douleur chaude dans mon ventre. Sur mon ventre. Émilie ? Je me redresse.

— Doucement.

La voix vient de tout près. Des mains contre mes épaules. On m'aide à me relever. Des ambulanciers.

— C'est toi qui as téléphoné ?

— Oui. Ma sœur, dans la cuisine.

— Ça va ?

Un des ambulanciers se dirige vers la cuisine. L'autre reste avec moi. Il me redemande si ça va.

Rien ne va, mon cerveau est en morceaux. Émilie. Dans son cerveau, des vers. Des larmes sur mes joues. Ça ne va pas. Pas du tout.

— Non.

L'ambulancier appelle de la cuisine.

— Alain, viens ici.

Sa voix est calme, mais j'imagine par ces trois mots le tableau de la cuisine : les ciseaux, le sang, la chair, ma sœur et les vers. Je ferme les yeux. J'entends Alain marcher vers la cuisine.

— Mais que ?!?!

Puis j'entends le contrôle reprendre sa place. Le professionnalisme. L'autre répond :

— Ce n'est pas de celle-ci.

Je me lève. Je vais devoir expliquer. Je ne sais même pas par quoi commencer. Il y a quelque chose de chaud qui glisse sur mes jambes quand je me lève. Du sang. Mon sang.

— C'est moi.

Ma voix n'est pas forte, mais elle est assez forte pour faire revenir Alain.

— Le morceau, c'est moi. Ma sœur, elle est réveillée ?

— Non.

— Vous avez vu…

Pendant un bref instant, je me demande si j'ai halluciné. Les vers. J'ai peut-être rêvé.

— Oui, les vers, nous allons l'emmener tout de suite à l'hôpital. Et toi aussi.

Il indique le sang qui imbibe mon chandail. Mon pantalon.

— OK.

Des tremblements. Je ne peux pas les contrôler.

L'autre ambulancier sort de la cuisine, Émilie dans les bras. Il la dépose sur la civière qui encombre l'entrée, l'y attache. Elle est si petite. Non. Elle est maigre. Si maigre. Je ne veux pas regarder son visage. Je ne veux pas voir ses plaies. Je ne veux pas voir ce qui sort de ses plaies.

— Tu peux marcher ?

— Je ne suis pas certaine.

— Nous allons revenir tout de suite pour toi, ne bouge pas.

— OK.

Ma voix se brise. Je les entends descendre les escaliers. Je vais devoir aviser maman. Appeler maman. Maman. Je me lève et je me dirige vers la cuisine. Je ne peux pas marcher, mais je le fais quand même. La douleur me tient pliée en deux. Je marche jusqu'à la table. Je prends le morceau de moi et je le jette dans le broyeur. Je fais couler l'eau et je le démarre. Ma mère ne doit pas trouver un morceau de sa fille sur la table de la cuisine. Elle n'est pas faite pour endurer ça. Je retourne vers l'entrée. J'attends les ambulanciers les yeux fermés. Je ne pense à rien, je ne suis plus capable de penser.

Ils ont nettoyé ma plaie. Ils l'ont pansée. Ils m'ont donné des comprimés antidouleur. Maman est à mes côtés. Nous ne parlons pas, nous attendons. Émilie est sur la table d'opération et nous devons attendre. Ma mère se tourne vers moi: ils lui ont dit, pour ma plaie. Je ne veux pas en parler. Je ne sais même pas comment l'expliquer.

— Julie, qu'est-ce que…

— Non.

— Non quoi?

— Je ne veux pas en parler. Pas maintenant.

Elle n'insiste pas. Elle ne veut pas en parler non plus. Il n'y a rien qui la tienne en un morceau, elle est grise. Figée dans son impuissance, elle n'est pas capable d'insister. Elle ne l'a peut-être jamais été. Mon père vient vers nous, prend place à mes côtés. Ma main dans la sienne. Il regarde ma mère, ouvre la bouche pour parler, se ravise, puis baisse les yeux vers le plancher. Il ne dit rien. Nous attendons. Quand il y a des pas dans le corridor, nos trois têtes se tournent en un seul mouvement, mais ce sont d'autres impatients venus prendre des nouvelles d'autres patients. Ce n'est jamais pour nous. Puis un homme en blouse blanche s'arrête devant moi.

— Julie, je suis le docteur Clermont. J'aimerais te parler, il y a des choses que j'ai besoin de savoir pour soigner ta sœur. Est-ce que tu peux m'aider?

Mon père se lève aussi. Le docteur:

— Juste Julie.

Son sourire est rassurant.

— Elle est majeure, elle peut accepter ou refuser. C'est son choix.

— Elle peut quand même encore avoir besoin de son père.

Le docteur hoche la tête, mais il n'ajoute rien. Il me regarde. Je me lève:

— Ça va, papa.

La douleur est amortie par les médicaments, mais je ne peux pas me redresser complètement, je suis le docteur, appuyée sur une canne invisible. Nous n'allons pas très loin, il ouvre la porte d'un bureau et me fait signe d'entrer. Je m'assois.

— J'ai discuté avec le Dr Blanchard. Il m'a beaucoup parlé d'Émilie. Et de toi.

— Est-ce que vous savez pour les vers?

— Oui. Les docteurs pensent qu'un insecte s'est introduit dans le conduit auditif d'Émilie pendant qu'elle était dans la terre, lors de son accident, au début de l'été. On ne sait pas exactement jusqu'où l'insecte s'est rendu, mais il a pondu des œufs et les larves ont éclos. Ce sont les vers que t'as vus dans ses plaies. Le Dr Desmarais tente de les retirer tous en ce moment.

Il y a un bref soulagement. Un très bref soulagement, mais dans le brouillard qui m'enveloppe, c'est un clin d'œil de clarté. Parce que ce ne sont pas les vers qu'elle a mangés. Que je lui ai laissée manger. C'est autre chose. Ce n'est pas moi. Ce n'est pas mieux.

— Est-ce qu'elle va s'en sortir?

— Cela dépend de beaucoup de choses, mais si tout va bien, elle devrait s'en sortir.

Je m'apprête à me lever pour partir.

— Je n'ai pas terminé, Julie, si tu veux bien.

J'hésite un instant, entre la position assise et debout. C'est la douleur qui me fait reprendre place sur la chaise, en restant un peu penchée sur moi-même.

— J'aimerais savoir ce qui s'est passé avant qu'Émilie perde conscience.

Je ne réponds pas tout de suite. Je n'ai pas envie de tout lui raconter. Je ne sais pas comment expliquer ce que j'ai fait dans la cuisine. Comment pendant une seconde cela m'a semblé la solution. Je ne me sens pas capable. Et je me demande si c'est à ce docteur que je dois raconter tout ça.

— Vous êtes qui ?

Il me fait son sourire de docteur. Mais c'est quand même un sourire agréable, un vrai sourire.

— Je suis le psychologue d'urgence. Je suis là pour essayer de comprendre ce qui t'est arrivé. Pourquoi ta sœur t'a coupée.

Je relève la tête trop vite. Le monde tangue un peu. Sensation de flottement.

— Ma sœur ?

— Ce n'est pas ta sœur qui t'a fait ça ?

Il pointe mon ventre.

— Mais non ! C'est moi !

Son sourire se fragilise, s'effrite dans les coins.

— Tu t'es fait cela ? Toi-même ?

— Oui.

— Pourquoi ?

Je ne lui réponds pas. Je regarde l'affiche derrière lui. Une publicité pour un vaccin.

— Julie ?

— C'est trop long.

Il lève un gros sourcil brun. Juste un. J'essaie de préciser ma pensée. Je suis fatiguée. Je n'ai pas envie de dormir, je ne pourrais pas, mais je suis fatiguée. Je ne veux pas parler, ça me demande trop d'efforts.

— Ce serait très long à expliquer.

— Nous avons le temps.

— Oui, mais je n'ai plus d'énergie.

Je pense qu'il m'a vue. Juste là, il m'a vue. Moi. Pas le prochain dossier dans sa pile de dossiers urgents, moi. Il m'a vue et je ne suis pas bien. Je dois être inquiétante. Je crois qu'il a eu pitié. C'est ce que ses yeux semblent dire. Pitié.

— D'accord. Je vais aller voir si je peux te trouver quelque chose à boire, tu bois du café ? Tu as faim ? Tu veux manger ?

J'ai faim. Oui. Et un café. Oui.

— Oui. Est-ce que je pourrais savoir comment ça se passe pour Émilie ?

— Je vais à la recherche de tout ça. Tu restes ici, et tu ne bouges pas.

— Merci.

Il revient avec un café dans un gobelet en carton et un sandwich. Même si les antidouleurs me donnent un peu la nausée, même si je dois faire un effort constant pour ne pas voir des vers se frayer un chemin entre des croûtes de sang séché, mon estomac se réjouit à la vue du sandwich. Ce n'est pas un sandwich de distributeur automatique. C'est un sandwich comme à la maison, avec deux tranches de pain qui collent au palais, et enveloppé dans une pellicule plastique. Le blanc du pain comprimé dans la pellicule me fait baisser les yeux sur mon ventre. La plaie. Je ne la vois pas sous ma blouse, je la vois dans ma tête.

— Tout est encore sous contrôle pour Émilie. Mais ce n'est pas terminé.

Je hoche la tête.

— OK.

Il sort deux sachets de sucre et deux capsules de lait de sa poche et les pose sur le bureau avec le café.

— Merci.

Il attend. Je déballe le sandwich. Il est au poulet. Je mange.

— C'est bon.

— Merci. C'est moi qui l'ai fait.

— C'est votre lunch ?

— En partie, oui. Je ne pense pas que tu aurais été capable d'avaler ce qui est vendu ici.

— Merci.

Il me laisse le temps de manger. De boire. Je peux sentir le café chaud descendre en moi, comme si j'étais trop froide et que la chaleur du breuvage laissait un chemin de vapeur sur son passage. Je regarde le tableau sur le mur à ma gauche, c'est une peinture, une femme de dos, debout sur une colline surplombant les vestiges d'un temple antique. Je ne le regarde pas, lui.

— Tu peux me raconter ce qui est arrivé, maintenant ?

Je ne me sens pas plus forte, mais je veux le remercier pour le sandwich. Je vais lui raconter. C'est bête, pour un sandwich. Mais c'est beaucoup, en même temps.

— Elle ne mangeait plus.

— Émilie ?

— Oui.

Je ne savais pas par quoi commencer. Je ne savais pas où commencer. Comment on raconte une histoire insensée pour que quelqu'un de sensé la comprenne ?

— Depuis quand ?

— C'est venu après l'accident. Pas tout de suite, mais petit à petit. Elle ne voulait plus manger de nourriture. Elle ne pouvait plus.

Je dois m'arrêter. Je ferme les yeux. Je ne vais pas bien, mais je dois continuer. Pour Émilie. Pour quand elle va se réveiller.

— Elle a changé. Sa différence a changé après l'accident. Ils ont dit que les choses allaient redevenir comme avant, mais ce n'est pas arrivé. Elle est restée changée. Et elle a arrêté de manger. Elle a essayé de se forcer, mais elle vomissait tout. Elle a tenté de me le cacher, puis je l'ai vue jeter sa nourriture dans la toilette et elle m'a tout avoué.

— Vous n'avez pas parlé de tout ça à votre mère, votre père, à quelqu'un ?

Je soupire. Voilà la grosse logique qui vient tout piétiner. Je ne peux pas expliquer pourquoi je n'ai rien dit. Ce n'est pas explicable. Ça fait partie de ce qui se passe entre deux sœurs et qui ne s'explique pas avec des mots. Alors je dis non.

— Non.

Il me regarde un moment. Je sais qu'il veut poser plein de questions pour comprendre ce non. Il se retient, et pour cela, j'essaie de l'éclairer.

— Vous avez des frères, docteur?

— Un petit frère et une grande sœur.

— Vous êtes un grand frère et un petit frère en même temps. Vous devriez comprendre.

Je ne sais pas s'il comprend, mais je vois qu'il va arrêter de me pousser à expliquer quelque chose que je ne peux pas justifier.

— Elle a commencé à manger des vers. Eux, avec leurs corps gluants, elle pouvait. Je pensais que rien de plus horrible ne pouvait arriver, mais elle a essayé de croquer le rat de sa classe. Elle n'a pas réussi, il s'est enfui. Je lui ai fait promettre de s'en tenir aux vers, mais elle m'a dit qu'elle avait voulu prendre une bouchée d'une élève dans sa classe. Elle a commencé à vouloir manger de la chair humaine. Je ne savais plus quoi faire, elle était trop maigre. Je ne pouvais quand même pas la laisser manger de l'humain.

Il ne bouge pas. Il n'y a pas de jugement dans son visage, pas de mouvement. Je me demande si c'est quelque chose que l'on apprend à l'université, un masque d'absence d'émotion.

— Mes parents ne le savent pas. Ils ne savent rien de tout ça. Émilie ne voulait pas. Elle avait peur de se faire enfermer, elle comprenait que quelque chose n'allait pas, mais je ne savais pas quoi faire pour l'aider. Il ne faut pas en parler à mes parents, ça les briserait. Ma mère ne pourrait pas le supporter. Ils ne comprendraient pas. Ils ne comprennent jamais vraiment ce qui se passe avec Em.

Il garde les yeux sur son dossier. Je me demande s'il y a les réponses toutes faites dans les dossiers des patients.

Des scénarios de dialogues possibles, une panoplie de réponses appropriées. Il ne semble pas trouver celle dont il aurait besoin maintenant. Il soupire.

— Nous verrons.

Je prends une grande respiration.

— Ce matin, elle s'est évanouie. Je me suis dit qu'elle avait besoin de manger, que c'était urgent. Je voulais qu'elle mange de la viande, pour ne pas mourir. Alors, je lui ai donné un morceau de moi.

Mes yeux sont pris dans le vert de l'affiche du vaccin. Je n'ose pas regarder ailleurs, je ne veux pas voir à quoi ressemble le regard de quelqu'un qui me pense cinglée. Complètement folle. Même s'il a appris à l'université à ne pas le montrer. Sa voix est modulée. Maîtrisée.

— Elle l'a mangé ?

— Non. Elle ne pouvait pas.

— Parce que c'était de sa sœur ?

— Je ne pense pas. Quand elle me regardait, moi, elle voulait manger, mais quand elle regardait le morceau, sur la table, elle était… horrifiée.

Dans la salle d'attente, maman a les yeux fermés mais ne dort pas. Papa est debout, appuyé contre une machine à café. Il regarde le plancher. Je m'assois près de maman, elle ouvre les yeux, puis les referme. Papa vient s'asseoir à côté de moi :

— Tout s'est bien passé avec le docteur ?

— Oui.

— Une infirmière est venue nous dire que l'opération d'Émilie était presque terminée.

— OK.

Nous laissons le silence se réinstaller. Le temps ne passe pas. Je regarde l'affichage numérique indiquer l'heure en gros chiffres rouges et le temps n'avance pas. Même pas d'une minute. Mon ventre me fait mal. Je prends un autre comprimé dans ma poche, le docteur a dit que je pouvais en avaler un autre si la douleur devenait intolérable. Je ne sais pas si elle est intolérable, mais je ne suis plus capable d'endurer l'attente avec le mal. Mon père me fait signe d'appuyer ma tête contre son épaule. Les chaises sont inconfortables, mais l'épaule de mon père est rassurante et c'est même mieux que du confort. Je ferme les paupières et je sens le brouillard épaissir. Je ne pensais pas pouvoir dormir, mais je m'endors.

La voix de mon père me sort du brouillard.

— Julie, Émilie est dans la chambre de réveil. Viens.

Je suis debout avant même d'ouvrir les yeux. Douleur. Mon père me retient.

— Doucement, elle n'est pas réveillée.

— Elle est bien ?

— Les docteurs ont réussi à enlever tous les... mais nous ne saurons qu'à son réveil si tout est normal. Normal pour Émilie.

Ma mère est debout devant moi. Son sourire essaie d'être encourageant. Il tremble.

— Nous pouvons y aller ? La voir ?

— Oui.

Nous marchons. Je voudrais courir, mais nous marchons. La chambre n'est pas loin. La porte ne fait pas de bruit quand nous l'ouvrons. Émilie est couchée sur le dos. Elle ne dort jamais sur le dos. Elle m'a toujours dit que cela lui donnait l'impression de tomber en bas d'elle-même quand le sommeil venait la prendre. De la voir ainsi, placée comme on place les morts dans les cercueils, avec tous ces bandages sur son crâne, avec toutes ces machines et ces fils autour d'elle, c'est comme si ce n'était pas elle. Comme si ce n'était pas vrai. C'est peut-être pour ça que je trouve la force de marcher jusqu'à son lit, de poser ma main sur sa main. Elle est vivante.

— Combien de temps ?

Mon père est à mes côtés, maman est de l'autre côté du lit. Sa main se lève pour rejoindre les cheveux de sa fille, mais il n'y a plus de cheveux. Que des bandages. Le geste meurt à mi-chemin. Mon père passe un bras autour de mes épaules. Je pense que c'est pour me rassurer, mais le poids de son corps me dit que c'est peut-être moi qui le tiens debout.

— Combien de temps avant qu'elle se réveille ?

— Cela peut prendre plusieurs heures. Ils ne le savent pas.

— On peut attendre ici ?

— Pas tous les trois.

— Je vais attendre ici.

— Je sais.

Je m'assois sur la chaise au pied du lit et n'ajoute rien. Mes parents sortent de la chambre en silence. J'appuie ma tête contre le mur derrière moi. J'attends.

Quand une infirmière entre, je ne dis rien. Je ne bouge pas. Je ne sais même pas si elle s'aperçoit de ma présence. Elle fait une série de vérifications auxquelles je ne comprends rien, puis elle repart.

Mon père vient me demander si je veux quelque chose à manger.

— Non merci.

Il dépose un baiser sur mon front, puis sur la main de sa benjamine.

Je ne sais pas si le temps passe, je n'ai que le blanc du plafond devant moi. Je sens le sommeil engourdir mes pensées, mais je ne veux pas dormir. Je veux être là pour Émilie quand elle se réveillera.

J'ouvre les yeux. Je me demande si j'ai dormi. Maman est là. Elle me tourne le dos, elle est au chevet de ma sœur. Elle caresse le visage d'Émilie d'une main qui manque d'assurance, un geste timide, un geste interdit.

Il y a aussi toute la tendresse qu'elle ne peut se permettre quand Émilie est consciente. Un soubresaut dans les épaules de ma mère me montre l'étendue de son chagrin : elle pleure, me croyant endormie. Je referme les yeux. J'écoute ma mère pleurer en silence. Puis je n'entends plus rien pendant un long moment. Le bruit d'une couverture que l'on replace, d'un oreiller que l'on ajuste, d'un mouchoir que l'on retire de sa boîte. Je bouge pour aviser ma mère de mon réveil. Maman me regarde, me fait un petit sourire triste.

— Ça va aller, maman. Elle va s'en sortir.

Je m'étonne de lâcher une phrase toute faite qui ne veut rien dire, qui ne se base sur aucune certitude, mais je comprends le besoin de la dire, de rassurer, même si c'est une illusion.

— Je sais, ma chérie, je sais.

Elle m'embrasse sur le front et me laisse seule avec Émilie. Je regarde le visage paisible de ma petite sœur. Sa respiration est régulière, le bruit des machines qui l'entourent est régulier, je ferme les yeux et je laisse le temps passer sans penser. À rien. Je ne pense à rien.

Je me réveille en sursaut.

— Nous allons dormir dans nos lits, et toi aussi. L'infirmière nous a dit qu'Émilie ne se réveillera pas cette nuit. Elle ne va pas se réveiller sans toi. Tu es trop pâle, Julie, tu as besoin d'une bonne nuit de sommeil dans ton lit. Pas sur une chaise. Tu ne peux pas être là pour elle dans cet état. Je ne veux pas que tu m'obstines, tu viens avec nous.

Je veux protester. Je veux rester là, mais je ne le fais pas. Je ne me sens pas bien, j'ai mal au ventre et je n'en peux plus du plafond blanc. Je me lève pour suivre ma mère.

À la maison, je reprends deux antidouleurs et je file vers mon lit. Maman me demande si je veux manger quelque chose, mais quand je suis dans la cuisine, je vois le morceau de moi sur la table, même s'il n'est plus là. Je vois le corps d'Émilie qui convulse, je vois les vers. Je ne peux pas manger. Pas là. Pas maintenant. Peut-être jamais. Ma chambre est vide sans ma sœur. Trop d'espace, trop de silence. Je me roule en boule sur mon lit. Il doit y avoir quelque chose qui ressemble à un somnifère dans les antidouleurs parce que je ferme les yeux et je m'endors.

Je sens le café. J'ai dormi longtemps. Malgré Émilie dans son lit d'hôpital, malgré ma blessure qui pulse dans mon ventre comme un deuxième cœur mal placé, malgré tout, j'ai dormi. Longtemps. Mes idées semblent un peu plus précises, mieux raccordées. Maman est levée. Je me redresse en prenant soin de ne pas plier mes bandages. Je m'habille sur-le-champ. Je veux partir immédiatement, je voudrais être déjà là-bas, à l'hôpital. Dans la cuisine, maman boit son café. Papa mange des rôties au beurre d'arachide. Il a dormi sur le canapé.

— Je suis prête. J'y vais.

Ma voix est claire. Trop forte. Mes parents lèvent le même regard épuisé sur ma prestation médiocre. Je ne suis pas prête, mais je fais semblant. Il me reste juste ce qu'il faut pour faire semblant. Pour Émilie.

— Julie, avant de partir, tu dois manger. Et tu peux nous attendre. Nous allons y aller avec toi.

Manger? Ici? Dans la cuisine? Je regarde le plancher. Il n'y a plus de sang. Quelqu'un a lavé le sang. Mon sang. Mais je le vois encore. Le Dr Clermont m'a promis qu'il ne dirait rien sur ce que j'avais fait, parce que j'étais majeure et que j'avais le droit de garder certains détails pour moi. Il a aussi accepté de ne pas parler des habitudes alimentaires d'Émilie si cela ne s'avérait pas nécessaire. Pourtant, ne pas le dire à mes parents ne me permet pas de faire comme si ça ne s'était pas passé. Cela s'est passé. Il me semble sentir encore l'odeur du sang dans l'air, sous l'odeur du café, entre les relents de beurre d'arachide. L'entêtante odeur métallique du sang. Je ne peux m'empêcher de demander:

— Qui a lavé le… qui a lavé la cuisine?

La version officielle, c'est que je me suis blessée en voulant retenir Émilie. On n'a pas dit comment.

— Ton père a tout nettoyé.

Maman observe sa tasse de café sans lever les yeux vers moi.

— Viens manger quelque chose.

— Je ne peux pas manger.

— Julie!

Mon père me jette un regard de reproche. Je ne peux pas manger dans cette cuisine. À cette table.

— Je vais emporter quelque chose pour manger dans la voiture.

Il ne reste pas beaucoup d'énergie pour ce genre de détail. Ma mère lâche prise, mon père grogne malgré sa bouchée de rôtie.

À l'hôpital, le Dr Clermont vient à notre rencontre. Il a le visage embrouillé, semble épuisé. Il n'est peut-être pas allé dormir dans son lit, lui. Je me demande depuis quand il n'a pas dormi. Ses formules protocolaires sont expéditives. Il me demande de le suivre dans son bureau.

— Je veux aller voir ma sœur.

Papa me passe la main dans les cheveux. Son sourire se veut encourageant, mais il ne l'est pas. Rien n'est vraiment comme il se doit, il y a un décalage dans le réel, un filtre qui gomme tout.

— Va avec le Dr Clermont. On vient te chercher s'il y a du changement.

Je fronce les sourcils.

— Promis, Julie.

Le Dr Clermont me fait son sourire de docteur. Je le suis dans son petit bureau.

— Je voulais te parler de quelque chose, et je pense qu'il est préférable, vu notre entente, que cela ne soit pas devant tes parents.

Je hausse les épaules :

— OK.

Je me concentre pour tenir. Tenir en un morceau, un morceau solide. J'ai l'impression que mon monde va encore basculer, que le sol va s'ouvrir et que tout va tomber, que tout va changer. Les bras d'Émilie qui s'envolent au-dessus de sa tête et Émilie qui disparaît. Je retiens mon souffle, mais cela ne modifie en rien l'impression que quelque chose d'énorme va sortir de nulle part et m'avaler en moins de deux. L'aléatoire qui se lève un matin et me choisit, pour rien, moi ou un autre, peu importe, mais moi, cette fois encore. Et tout bascule. Le docteur se racle la gorge.

— Ton histoire, celle de ta sœur, nous a donné bien des soucis. Je peux te dire que c'est la seule chose qui a occupé mon esprit depuis qu'Émilie nous est arrivée.

Je n'aime pas la façon dont il dit « histoire », comme si j'avais construit quelque chose, comme s'il y avait quelque chose de délibéré en dessous, d'intentionnel. Je ne suis pas une histoire, nous ne sommes pas un divertissement. Je n'ai rien choisi, Émilie n'a rien choisi, mais je ne dis rien. Je regarde ses yeux qui vont des miens au dossier posé sur son bureau. Il est, lui, absorbé par SON histoire, je ne pense pas qu'il m'entendrait si je disais quelque chose.

— Il y a beaucoup de choses que la science n'explique pas encore, mais je ne pense pas que ce cas-ci soit inexplicable. Il m'a fallu du temps, mais avec l'aide de plusieurs docteurs, spécialistes dans différents domaines, je crois que nous avons trouvé ce qui s'est passé avec ta sœur.

J'ai l'impression qu'il attend mes félicitations. Ou une forme d'émerveillement. Je n'ai plus rien en moi qui ressemble à cela. Il devra faire sans.

— Est-ce que tu sais ce qu'est la synesthésie ?

Je cherche dans ma tête, mais elle ne fonctionne pas très bien. J'ai l'impression d'un désordre permanent dans ma mémoire ; la bibliothèque de mon cerveau a vomi tous ses livres, il n'y a plus de système de reconnaissance, que des piles d'informations non classées, je cherche, mais je ne trouve pas.

— Non.

— C'est quand notre cortex cérébral s'embrouille et que les perceptions normalement captées par un sens sont perçues par un autre sens. Par exemple, voir des couleurs en écoutant de la musique, ou avoir un goût dans la bouche en regardant des objets… C'est un phénomène génétique rare, encore peu exploré, mais bien réel. Après avoir discuté avec le chirurgien, et selon l'endroit où se trouvaient les larves avant d'éclore dans le cerveau d'Émilie, nous pensons que ta sœur a eu une sorte de confusion sensorielle.

Il fait une pause et me regarde. Je ne dois pas avoir l'air de comprendre ce qu'il raconte parce qu'il reprend :

— Je te donne un exemple, une stimulation unimodale, disons la sensation de la chaleur, peut entraîner une perception dans une autre modalité, disons la perception d'une odeur, comme une odeur de… de…

— De beurre d'arachide.

— Voilà, de beurre d'arachide. La stimulation de la sensation de chaleur entraînerait donc l'illusion d'une odeur de beurre d'arachide parce que les perceptions ne se font pas aux bons endroits dans le cerveau. Tu poserais ta main au-dessus d'une chandelle et tu sentirais soudainement une odeur de beurre d'arachide. Tu saisis ?

Il me laisse le temps d'assimiler l'information. Je hoche la tête. Je réalise qu'il va m'expliquer pourquoi ma sœur s'est mise à manger des vers. Mes mains me font mal. Je baisse les yeux sur mes jointures blanches et mes poings serrés. J'ouvre les doigts, pose mes mains moites sur mes cuisses.

— J'ai beaucoup réfléchi à ce que tu m'as raconté, et je crois que c'est ce qui est arrivé à Émilie, je crois que la sensation de faim, chez ta sœur, s'est emmêlé les pinceaux avec une autre sensation, ou une autre perception. La sensation de faim s'est retrouvée stimulée par le mouvement.

Il me regarde. Il attend une réaction. Quelque chose. Je dois dire quelque chose.

— Le mouvement ?

Il appuie ses dires en faisant un grand oui avec la tête.

— Nous pourrons faire des tests de neuro-imageries pour vérifier si le stimulus du mouvement fait activer la région cérébrale traitant de la faim, mais si la masse des larves était la cause de l'activation croisée, nous ne pourrons pas vérifier notre hypothèse. Mais les vers, le rat, les larves sur l'oiseau, les gens… tout cela bouge. Un morceau de viande sur une table, cela ne bouge plus.

Je repasse les dernières semaines comme un film en accéléré ; la colonie de vers grouillant sur le corps de l'oiseau mort, le ver mort que je ne devais pas manger. Les protéines en poudre que je devais brasser dans le lait qu'elle buvait. Le lait en boîte déjà brassé, qu'elle ne pouvait boire. Synesthésie. M. Bill, qui courait dans sa petite cage. Les mains d'Élisabeth qui voletaient dans tous les sens devant ses lèvres. Et je faisais l'avion avec la bouillie de bananes. Je faisais l'avion. Mouvement. Je ne sens pas d'eurêka, de nœuds qui se dénouent, je ne sens pas de plaisir devant la résolution du comportement anormal d'Émilie. Je ne sens rien, je ne sais même pas quoi dire. Cette absence de réaction, de question, de tout, m'envahit comme une douche chaude sur mes membres glacés.

— Est-ce qu'elle va redevenir comme avant ?

Il me fait un de ces sourires des docteurs qui vous font croire qu'ils détiennent la vérité absolue, mais il ne me dit pas que tout va bien aller.

— C'est difficile à dire. Si c'est la masse qui grossissait dans sa tête qui provoquait la synesthésie, oui. Mais c'est possible que le fait d'enlever la masse ne rétablisse pas les sensations normales. Il faut attendre son réveil. Alors nous verrons.

— OK.

Je ne demande pas ce que nous devrons faire si c'est le cas. Je ne demande pas quelles sont les chances de réussite. Je ne demande rien. Je crois que je n'en suis plus capable. Il hoche la tête. Je me lève et quitte son bureau.

Depuis trois jours nous faisons la navette entre la maison et l'hôpital. Trois jours que je vis dans un brouillard, avec cette impression constante que quelque chose va survenir et bouffer ce qui reste de ma vie. Sans avertissement. Juste comme ça, parce que le temps file et qu'il faut bien qu'il se passe quelque chose. Et quand je me suis dit que je ne pourrais pas tenir plus longtemps, même si j'allais quand même y arriver, Émilie s'est réveillée. Nous n'étions pas là. J'ai fait une crise épouvantable, mais je l'ai faite seule, sous la douche, pour ne pas briser ce qui n'était pas encore en morceaux.

À l'hôpital, un docteur que je ne connais pas nous accueille. Il prend une éternité pour nous expliquer quelque chose que je n'ai pas besoin de savoir. Je n'ai rien à lui dire, je veux juste aller voir Émilie, je veux être capable de respirer à nouveau. J'essaie de rester calme, mais mon corps se balance malgré moi. Ma mère n'écoute pas le docteur non plus, mais elle fait semblant de façon plus convaincante.

— Elle ssse sse semble en pleine forme.

Il est bègue, j'ai l'impression que l'éternité s'allonge devant moi.

— Nnne nne ne nous pensons que…

Je n'en peux plus.

— Est-ce que je peux y aller maintenant ?

Il regarde mes parents, peut-être choqué par mon manque de respect, mais il acquiesce. Je file vers la chambre de ma sœur, j'entends le docteur qui continue à expliquer je ne sais quoi à mes parents, une pause interminable à tous les trois mots.

Quand j'ouvre la porte de la chambre d'Émilie, j'entends d'abord sa voix. Elle parle avec une infirmière. Puis je la vois, assise dans son lit. Elle a encore des bandages sur la tête. Mais elle est réveillée. Elle mange une gélatine !

— JULIE !

Toute la joie du monde dans mon nom. Il n'y a qu'Émilie qui soit capable de faire ça. Je n'ai même pas le temps de dire quelque chose, de faire un pas vers elle.

— Ju, tu vois ?

Elle me montre fièrement sa coupe de gélatine et sa cuillère.

— Je mange !!! Et c'est de la gélatine rouge, et nous sommes mardi !

— Em, tu es revenue.

— Je suis revenue.

Ma petite sœur. Nous sourions. C'est fini.

Dans la même collection

Achille, Stéphane, *Corbeau et Novembre.*
Alarie, Donald, *David et les autres.*
Alarie, Donald, *J'attends ton appel.*
Alarie, Donald, *Thomas est de retour.*
Alarie, Donald, *Tu crois que ça va durer?*
Andrewes, Émilie, *Les cages humaines.*
Andrewes, Émilie, *Conspiration autour d'une chanson d'amour.*
Andrewes, Émilie, *Eldon d'or.*
Andrewes, Émilie, *Les mouches pauvres d'Ésope.*
April, J. P., *La danse de la fille sans jambes.*
April, J. P., *Les ensauvagés.*
April, J. P., *Histoires humanimales.*
April, J. P., *Mon père a tué la Terre.*
Aude, *Chrysalide.*
Aude, *L'homme au complet.*
Audet, Noël, *Les bonheurs d'un héros incertain.*
Audet, Noël, *Le roi des planeurs.*
Auger, Marie, *L'excision.*
Auger, Marie, *J'ai froid aux yeux.*
Auger, Marie, *Tombeau.*
Auger, Marie, *Le ventre en tête.*
Belkhodja, Katia, *La marchande de sable*
Belkhodja, Katia, *La peau des doigts.*
Blouin, Lise, *Dissonances.*
Bouyoucas, Pan, *Cocorico.*
Brochu, André, *Les Épervières.*
Brochu, André, *Le maître rêveur.*
Brochu, André, *La vie aux trousses.*
Bruneau, Serge, *Bienvenue Welcome.*
Bruneau, Serge, *L'enterrement de Lénine.*
Bruneau, Serge, *Hot Blues.*
Bruneau, Serge, *Quelques braises et du vent.*
Bruneau, Serge, *Rosa-Lux et la baie des Anges.*
Carrier, Roch, *Les moines dans la tour.*
Castillo Durante, Daniel, *Ce feu si lent de l'exil.*
Castillo Durante, Daniel, *La passion des nomades.*
Castillo Durante, Daniel, *Un café dans le Sud.*
Chatillon, Pierre, *Île était une fois.*
de Chevigny, Pierre, *S comme Sophie.*
Clark, Marie, *Le lieu précis de ma colère.*
Cliche, Anne Élaine, *Mon frère Ésaü.*
Cliche, Anne Élaine, *Rien et autres souvenirs.*
Corriveau, Hugues, *La gardienne des tableaux.*
Croft, Esther, *De belles paroles.*
Croft, Esther, *Le reste du temps.*
Deschênes-Pradet, Maude, *La corbeille d'Alice.*
Désy, Jean, *Le coureur de froid.*
Désy, Jean, *L'île de Tayara.*
Désy, Jean, *Nepalium tremens.*
Drouin, William, *L'enfant dans la cage.*
Dubé, Danielle, *Le carnet de Léo.*
Dubé, Danielle et Yvon Paré, *Le bonheur est dans le Fjord.*
Dubé, Danielle et Yvon Paré, *Un été en Provence.*
Dumont, Claudine, *Anabiose.*
Dupré, Louise, *L'été funambule.*
Dupré, Louise, *La Voie lactée.*
Ferretti, Andrée, *Pures et dures.*
Forget, Marc, *Versicolor.*
Gariépy, Pierre, *L'âge de Pierre.*
Gariépy, Pierre, *Blanca en sainte.*
Gariépy, Pierre, *Lomer Odyssée.*
Genest, Guy, *Bordel-Station.*
Gervais, Bertrand, *Comme dans un film des frères Coen.*
Gervais, Bertrand, *Gazole.*
Gervais, Bertrand, *L'île des Pas perdus.*
Gervais, Bertrand, *Le maître du Château rouge.*
Gervais, Bertrand, *La mort de J. R. Berger.*
Gervais, Bertrand, *Tessons.*
Guilbault, Anne, *Joies.*
Guilbault, Anne, *Les métamorphoses.*
Guy, Hélène, *Amours au noir.*
Hébert, François, *De Mumbai à Madurai. L'énigme de l'arrivée et de l'après-midi.*
Laberge, Andrée, *Le fil ténu de l'âme.*
Laberge, Andrée, *Le fin fond de l'histoire.*
Laberge, Andrée, *La rivière du loup.*
Lachapelle, Lucie, *Histoires nordiques.*
La France, Micheline, *Le don d'Auguste.*
Lanouette, Jocelyn, *Les doigts croisés.*
Lavoie, Marie-Renée, *La petite et le vieux.*
Lavoie, Marie-Renée, *Le syndrome de la vis.*
Leblanc, Carl, *Artéfact.*

Leblanc, Carl, *Fruits.*
Léger, Hugo, *Le silence du banlieusard.*
Léger, Hugo, *Tous les corps naissent étrangers.*
Lepage, Éloïse, *Petits tableaux.*
Marceau, Claude, *Le viol de Marie-France O'Connor.*
Marcotte, Véronique, *Les revolvers sont des choses qui arrivent.*
Martin, Patrice, *Le chapeau de Kafka.*
Mihali, Felicia, *Luc, le Chinois et moi.*
Mihali, Felicia, *Le pays du fromage.*
Millet, Pascal, *Animal.*
Millet, Pascal, *L'Iroquois.*
Millet, Pascal, *Québec aller simple.*
Millet, Pascal, *Sayonara.*
Moussette, Marcel, *L'hiver du Chinois.*
Ness, Clara, *Ainsi font-elles toutes.*
Ness, Clara, *Genèse de l'oubli.*
Ouaknine, Serge, *Le tao du tagueur.*
Ouellette-Michalska, Madeleine, *L'apprentissage.*
Ouellette-Michalska, Madeleine, *La Parlante d'outre-mer.*
Paré, Yvon, *Les plus belles années.*
Péloquin, Michèle, *Les yeux des autres.*
Perron, Jean, *Les fiancés du 29 février.*
Perron, Jean, *Visions de Macao.*
Pigeon, Daniel, *Ceux qui partent.*
Pigeon, Daniel, *Chutes libres.*
Pigeon, Daniel, *Dépossession.*
Rioux, Hélène, *Âmes en peine au paradis perdu.*
Rioux, Hélène, *Le cimetière des éléphants.*
Rioux, Hélène, *Mercredi soir au Bout du monde.*
Rioux, Hélène, *Nuits blanches et jours de gloire.*
Roger, Jean-Paul, *Un sourd fracas qui fuit à petits pas.*
Rondeau, Martyne, *Game over.*
Rondeau, Martyne, *Ravaler.*
Saint-Cyr, Romain, *Toujours en Afrique.*
Saucier, Jocelyne, *Il pleuvait des oiseaux.*
Saucier, Jocelyne, *Jeanne sur les routes.*
Saucier, Jocelyne, *La vie comme une image.*
Strévez La Salle, D., *Le saint patron des backpackers.*
Tapiero, Olivia, *Espaces.*
Thériault, Denis, *La fille qui n'existait pas.*
Tourangeau, Pierre, *La dot de la Mère Missel.*
Tourangeau, Pierre, *La moitié d'étoile.*
Tourangeau, Pierre, *Le retour d'Ariane.*
Trussart, Danielle, *Le Grand Jamais.*
Trussart, Danielle, *L'œil de la nuit.*
Vanasse, André, *Avenue De Lorimier.*
Villeneuve, Félix, *L'Horloger.*

Suivez-nous :

GARANT DES FORÊTS INTACTES

Achevé d'imprimer en septembre deux mille quinze
sur les presses de l'imprimerie Gauvin,
Gatineau, Québec

DE LA MÊME AUTEURE

Anabiose, roman, éditions XYZ, 2013.

La petite fille qui aimait Stephen King

Emilie = petite soeur

Julie = grande soeur